メディアワークス文庫

無貌の君へ、白紙の僕より

にのまえあきら

JN075424

目　次

序章

呪いは恋に似ているという。
相手を強く想《おも》うのも、
望んだ状態に陥れようとするのも、
片時も頭から離れず悶《もだ》え苦しむのも。
何かを強く思うという行為は、それ自体が一種の呪いだ。

だから、彼女はもう一度僕の前に現れた。

貌《かお》の無い彼女は、目を閉じたまま、復讐《ふくしゅう》をすると言った。
拙い線を描き連ね、ついには白紙の僕を見透かした。
花のように笑い、
強《したた》かに復讐を果たし、
どこまでもまっすぐに絵を描き続ける。
そんな彼女に、僕は心を奪われた。

だから、僕は彼女を見ようと思った。

第一章　無貌の君

《1》

「なあ、もしも自分が失《な》くした大切なモノを持ってる人に出会ったら、どうする？」

そんな声が降ってきたのは、空白の進路希望票をにらみつけている最中《さなか》だった。

「本当に本当に大切で、失くしちゃいけなかったはずのモノ。

それを持ってる人に偶然出会ってしまった。そんな時、君ならどうする？」

語る口調は厳かで、継がれる声音は真剣そのもの。二人しかいない保健室に朗々と響くそれは、問われた方の耳へ確かに届く。しかし、

「時間の無駄なんでそんなくだらない話に付き合わないで帰りますね」

問われた方——佐原優希《さはらゆうき》がそちらを見もせず答えれば、視界の端で大きなため息と共に煙が舞った。

「こんな遊びにも付き合ってくれないなんておじさん悲しいよ。泣いちゃうぜ？」

「進路希望票出てないから居残れって言ったのは先生《アンタ》でしょうが……！」

唸《うな》るように顔をあげれば、それまで会話をしていた相手——木谷雅紀《きたにまさのり》は大量の書類が乱雑に載ったデスクの上で、加熱式タバコを手に持ったまま大仰に肩をすくめる。

「だって進路希望票が出てくるまで俺《おれ》暇じゃん？

なら暇潰しの一つでもしたくなるじゃん」

「僕の時間を一緒に潰すなって言ってるんですよ。

ていうか何ですかそのちゃっちい本は」

優希がうろんな視線を向けた先、木谷のもう片方の手にはピンク色の表紙に色とりどりのポップな字体で『超アタル！　ヒミツの心理テスト‼　あの子の気持ちも丸ワカリ⁉』と書かれ、デフォルメの小学生女児と思わしきイラストの本があった。

「落とし物。職員室に置く場所がないから保健室《ここ》で管理することになってるんだ」

「誰が何のために持ってきたんです」

「そりゃ暇潰しのためだろ。優希だってやるだろ？」

「心理テストなんてしませんけど」

「じゃなくて暇潰しの方よ。この前なんか時間有り余ってるからって定期テストの問題用紙にラクガキまでしてたろ」

「は？　なんで知ってるんですか」

優希が不気味さに顔をしかめて言えば、木谷は金田《きんだ》一耕助《いちこうすけ》リスペクトだという癖毛を愉快そうに揺らす。年中着ている白衣も相まって、見た目だけで言えば完全に一昔前の怪しい科学者《マッドサイエンティスト》だが、この学校の保健医兼スクールカウンセラー兼生徒指導教諭という三面六臂《さんめんろっぴ》の活躍をしている立派な公務員だ。

「そりゃあ問題用紙も回収されたしな。そんなことより早く進路希望票出《そ》して《れ》くれよ。狩野《かの》ちゃんからどやされんの俺なんだぜ？」

「狩野先生にも言いましたけど、今回は出せないですって」

言いながら、優希は『2－8佐原優希』とだけ書かれた白紙のそれに目を落とす。

夏休み前、正確には期末試験前に配られた進路希望票。我らが日ノ山《ひやま》高校が自称進学校と揶揄《やゆ》される由縁の一つである、時期のおかしい進路希望調査。夏休み明けではなくなぜか夏休み前に提出するべきそれを、優希は夏休みの明けた現在でも提出していなかった。そのことについて木谷は優希のクラス担任である狩野から助け舟を求められているらしい。しかし、

「あそ。じゃあ今度でいいよ。来週にでもまた聞くわ」

ひらひらと手を振って、何でもないように加熱式タバコをくわえる。

「自分で言っといてなんですけど、いいんですか」

「どうせ最終下校時刻《タイムアップ》まで地蔵キメ込むつもりだったんだろ。ならさっさと諦めた方がお互いにとって建設的だぁな」

爽やかに言い放つその姿は、生徒に理解のある良き先生に見える。実際、多くの生徒と教師陣からはそのような評価を受けている。すべて煙を吐いている点で帳消しだが。

「そんなこと言って、実は本命の話があってその建前に残らせたんでしょう」

「もしかして、俺と優希って以心伝心の仲……⁉」

「やり口が毎度コスいから段々わかってきただけですよ。で、話ってなんです」

木谷は煙を吐き、場の空気を変えるように雰囲気を穏やかなものにして言う。

「夏休み明け、優希のクラスに転入生が来ただろ？」

「ああ、うちのクラスに転入生が……来たんですか⁉」

驚愕《きょうがく》に顔をあげれば、木谷ががっくりと肩を落とすのが見えた。

「自分のクラスだろ、なんで驚いてんだ。

ってそうか、夏休み明け初日サボったんだったな」

「いや、もう学校始まって一週間ですよ。けど教室にそれらしき人はいませんし、そもそも誰もそんな話してませんか。本当に転入生なんて来たんですか？」

ここ一週間の記憶をたどってみるが、教室の席はひとつだって増えていない。それらしい人だっていなかった——はずだ。

目の前のおじさんがまた適当なことを言ってるだけでは、と訝《いぶか》しみの視線を向けるも、木谷は「いやいや」と加熱式タバコを持っていない方の手を振る。

「ちゃんと来たよ。というか学校には毎日来てる。今日もな」

「は？　そんなのどこに」

「生徒指導室。時おりわけもなくサボる優希よりよっぽど真面目だな」

くる。

「んぐ……」

痛いところを突かれて目をそらせば、木谷は楽し気な声をあげながら身を乗り出して

「君はいったいサボって何をしているんだい？　おじさんに教えてみ？」

「なんで言わなきゃいけないんですか。聞き方きっしょいし」

「や、楽しんでるならいいんだよ。サボりは楽しんでやるものだからな。

ただ、罪悪感を感じてんならやめた方がいい。生産性のカケラもない」

つらつらとサボりの美学を語る木谷に、優希はため息をもらす。

「……楽しいことなんて何もないですよ。所詮、すべてが暇潰しです」

学校に行く意味が見い出せず、やる気もないからサボっているだけ。

厭世的《えんせい》な発言と態度の優希に対し、木谷はふん、と鼻で笑う。

「そんな優希に朗報だ。これからは暇だなんて嘆く暇すらなくなるぜ」

「なんです、転入生に会って交流を深めてこいとでも言うつもりですか」

「おう、その通りだ」

「は？」

「会ってほしいんだとよ。その転入生さんが」

木谷の言葉に、優希は瞳をぱちくりと瞬《まばた》かせる。

「…………なんで？」

「小学生のころに一緒の絵画教室に通ってたことがあるんです、って言ってたぜ」

「そういう……って、え？　絵画教室？」

「おう。美澄《みすみ》さんって言えばわかるか？」

告げられた名前に目を見開く。

もう触れることはないと、思い出の棚にそっとしまっていたはずの存在だった。

色あせて埃《ほこり》を被《かぶ》っていたはずの記憶が様々な感情と共に急浮上してくる。

「――会いません」

気づけば、そう言い放っていた。

「なんだよ、会いたくないほどやべーやつだったのか？」

「人気者でしたよ。絵が上手《うま》くて、明るくて、みんなをまとめてた。憧れでした。

それに多分……初恋だった」

いま思えばそうだったのだろうと、過去の話だからこそできる告白に、けれど木谷は
あからさまに声量をあげる。

「おいおいマジかよ！　初恋の女の子と再会なんてロマンあんなぁ！」

「昔の話にロマンもくそもないですし、そもそも再会しないって言ってるでしょ」

「ははあ、さてはその人気者に顔向けできないくらい盛大な喧嘩《けんか》別《わか》れでもしたな？」

愉悦を含んだ木谷の声音に、優希は鼻で笑って返す。

「お別れ会と誕生日会を一緒にやって盛大に送り出しましたよ。あげたプレゼントも泣いて喜んでたはずです」

「めちゃくちゃ円満じゃねーか、じゃあなんでだよ」

「今の僕が顔向けできないからですよ。……こんな状態じゃ、取り繕ったって絶対ボロが出る」

白紙の進路希望調査票を見下ろしながら、訪れるであろう現実を口にすれば、唸るようなため息が聞こえた。

「気にしたところでバレねーよ素行不良児。男子三日会わざれば刮目《かつもく》して見よって言うだろ。女子なんて二時間ありゃ化ける」

「お化粧にかかる時間でしょうそれ。こちとら一時間で化けの皮が剝がれますよ」

「似た者同士でいいじゃねーか。っていうかそうだ」

木谷はふと思い出したように腕時計を見やる。

「こんな話してる場合じゃねえや。もう時間だ」

「は？」

「実は美澄さんとアポ取っちゃってんだよ、四時半に」

「は⁉」

バッと首をめぐらせ、壁かけ時計を見る。現在時刻は四時と二十九分。

「ふざけろ！　遅刻確定じゃないですか！」

「そりゃ誰かさんが進路希望調査票の提出渋ったせいだし。

それよか会ってくれるつもりなんだな」

「先生と違ってこっちはイイ加減な人間じゃないんでね！」

「おいおい、俺だって普段はきちっとしてるぜ？

ただ今回はちょっと忘れてただけで」

「何回目だよその発言！」「バカだな、覚えてるわけないだろ」「くそが！」

大急ぎで荷物をまとめた優希が机を離れたところで木谷に呼び止められる。

「あ、優希」

振り返れば、大きなストラップと透明な角棒のついた鍵が飛んでくる。とっさに受け取って見れば、角棒には〝生徒指導室〟とシールが貼られていた。

「持ってけ。入る前には必ずノックするのを忘れずにな」

「……？　どうも」

要領を得ないまま歩き出そうとするその背中に再び声がかけられる。

「さっきも言ったけど、人間みんな生きてるうちに変わるもんだぜ。

美澄さんも例外じゃない」

「なんですそれ。向こうもそんなに変わったっていうんですか」

半身で振り返り、意味深な表現の裏を問えば、木谷はああとうなずく。

「本人の言葉を借りて言うなら、今の彼女は――〝無貌《むぼう》の君〟だそうだ」

言葉と共に吐かれた煙は、すぐにぼやけて見えなくなった。

《2》

優希が生徒指導室の前に着いたのは四時三十四分。完全に遅刻だった。

「〝無貌の君〟ってなんだよ……中二病抜けてないいんじゃないのかあの人」

先ほど伝えられた意味深な表現が優希の口をついてでる。いくら詳細を求めても木谷は『行けばわかる』の一点張りで、もう遅刻してるから急げと尻を叩《たた》かれるようにして保健室を出た。

深呼吸をしてから、ドアを見やる。その向こうにいるはずの存在に思いを馳《は》せる。

……どんな人になっているのだろうか。

彼女が引っ越してから、すでに六年以上が経《た》っている。

もはやほとんどが記憶の彼方《かなた》だけれど、お別れ会で彼女の似顔絵と花のヘアピンを渡したら、泣くほど喜んでくれたこと、その場で約束を交わしたことだけははっきりと覚えている。

活発で誰とでも分け隔てなく接する子だった。今はどうなっているか。

木谷の発言や己の変化ぶりと比べて、つい後ろ向きな感情を抱いてしまう。が、そのまま大きくなっていたり、さらに長所が伸びている可能性だってある。

なんにせよ、このドアを叩かねば始まらない。

意を決した優希は、もう一度深呼吸してからノックした。

「はい」

ドアの向こうから少女然とした声が聞こえる。

「木谷先生から言われてきました。入ってもいい、かな」

「どうぞ」

優希はドアを開けようとかけた手がグッと固い感覚に拒まれたことで鍵をもらっていたことを思い出す。なんで鍵なんか閉めてるんだと訝りながら鍵を挿し、ゆっくりドアを開けた。

「しつれいしまーす……」

室内は長机と二つの椅子以外には調度品すらない。特筆すべきはドアの横に学校の資料らしきダンボール箱がいくつかと、奥にスクールバッグと白杖《はくじょう》が置かれていることくらいだった。そして室内に横たわる長机の奥には少女が一人、こちらに背を向けて座っていた。背中にかかる長い黒髪がこちらの目を惹《ひ》いて止《や》まない。

「鍵を」

ふいに、少女が身体《からだ》を半分だけ振り返らせた。

「え？」

ぼんやりしていたせいで聞きそびれた優希が聞き返せば、小さいけれどよく通る声が返る。

「鍵を閉めてもらってもいいですか」

「鍵？　わ、わかった」

言われるがまま鍵を閉めたのと同時。ドア一枚隔てた先を誰かが駆けていった。

少女はその足音に耳を澄ませ、音が遠のいてから口を開く。

「ありがとうございます。あまり人に見られたくなくって」

そうしてこちらの方へ立ち上がった少女に、優希は小さく目を見開く。


少女ば、目をつむっていた。


「木谷先生からすでに紹介があったと思いますが——お久しぶりです、ゆうきくん」

「ひ、久しぶり……さやか」

再会した少女の姿に、優希ははっきりと面食らっていた。その動揺を口ぶりで悟られたか、さやかが首をかしげる。

「どうかしましたか？　あ、やっぱり緊張してます？」

「うん。緊張もそうだし、その、色々なことに驚いてるっていうか」

気持ちを落ち着けるべく、優希は椅子に座る。その音を聞いてさやかも座った。

「色々なことって？」

「病気治ったんだ、とか」

「越してきたのは最近ですけど、病気の方は一年ほど前に片がついてました」

「同い年だったんだ、とか」

「あの年頃だと女子の方が発育良《い》いし、間違えるのも無理ないですよ」

「発育がどうってより、皆をまとめてたからかな。てっきり年上だと思ってた」

さやかは絵画教室に通っていた子どもたちの姉貴分のような存在で、優希の憧れでもあった。それがある日突然、重い病気に罹《かか》り、専門の療養施設があるという他県へ引っ越していった。それから、六年。

「……変わったね。すごく」

目前に座るさやかを見て、やはりそう思う。

「そうですか？　自分ではあまり思わないんですけど……具体的にはどんな風に？」

小首をかしげる彼女に、優希は当時の記憶を思い出しながら答える。

「落ち着いた雰囲気になった、と思う。前はもっと活動的だったっていうか」

あの頃のさやかは瞳にはきらきらと光を湛《たた》え、いつもころころと笑っていた。けれど目の前の彼女はまつげを伏せて、桜色の唇を引き結んだまま。薄氷で固められたかのようにその表情は動かない。

「それと声、というか喋《しゃべ》り方なのかな。昔は隣にいたら小太鼓でも叩かれてるような気分だったけど、なんだか今は小鳥がさえずってるみたいだ」

「ふふ、それは良かったです」

ふっと、さやかが笑うのがわかった。水彩画で描いた花のような、淡く儚《はかな》い笑み。雰囲気は変わっても、可憐《かれん》なことに変わりはなかった。

「……あと、目をつむってることとか。病気の後遺症だったりするの？」

触れていいのか一瞬ためらったが、触れないのもおかしいだろうと思った。

太陽のようだった彼女が、吹けば倒れてしまいそうな儚さを持つようになった。そのことに最も起因しているであろう変化の指摘に、さやかはああと声をあげる。

「病気のせいじゃないですよ。完全に無関係ってわけでもないですけど、目が悪くなったりはしてません。ただ、人と顔を合わせることができないんです」

「……人と、顔を」

「だから人と会う時はこうして目をつむったり、目隠しをしたりしてます。口調も相手がわからないから誰に対しても丁寧語でやってたんですけど、いつのまにか抜けなくなっちゃいました」

「ずっと目をつむってなくちゃいけないの、大変そうだな」

「慣れたらそうでもないですよ。人がいないってわかってるところでは目を開けられますし」

何でもないように言っているが、きっと優希には想像もできないような苦労があるはずだった。

「……そっか。色々あったんだな」

再会したばかりで深い事情に踏み込むことなどできるはずもなく、適当に言葉を濁すことしかできない。六年という月日はお互いを変えるのに十分すぎたらしい。

「でも、そのヘアピンは変わらずつけてくれてるんだな」

さやかの左側の髪に留《と》めてある白い花——夏椿《なつつばき》のヘアピン。

冬の寒さに負けず咲くすごい花が夏に咲くのだからもっとすごいと、彼女らしい理由で気に入っていたその花柄のヘアピンを、お別れ会の時に渡していた。色がくすんでいるのは長く使ってくれていることの証左だ。

「それはもう、大事なものですから」

ヘアピンに触りながら、どこか懐かしむようにさやかが言う。

変わらないものが確かにある。それだけで嬉《うれ》しかった。

「それにしても、すごい偶然だよな。

連絡先も交換してないのに同じ高校に転入するなんてさ」

優希の言葉に、さやかはゆるゆると首を振る。

「偶然じゃないですよ」

「え？」

固まる優希に、さやかが言う。

「────〝一万二千キロの旅路〟」

優希は目を見開く。

それは、さやかの口から出てくると思っていなかった言葉だった。

「総文祭に出展されていた作品欄に、ゆうきくんの名前と高校名が載っていたんです」

総文祭。正式名称を〝全国高等学校総合文化祭〟と言い、文化部のインターハイとも呼ばれる事実上の全国大会。そこに佐原優希の作品として〝一万二千キロの旅路〟が昨年度の県大会で選抜されて出展していた。

「それを見て、絶対ここに来ようって決意したんです。

ゆうきくんにならなら、私のお願いもかなえてもらえるはずだって思って」

「お願い？」

言いながらも、半ば予想はついていた。

それは六年前の約束だ。また会ったら一緒に描こうと、泣きながら渡した絵や花束がぐしゃぐしゃになるのも構わず互いの手をぶんぶんと振って誓い合った。

あれは良い思い出だったと浸る優希に対し、さやかは小さく息を吸って一息に言う。

「私の復讐を手伝ってくれませんか」

《3》

翌日、放課後。

『昨日のことを聞かせてほしい』と木谷に言われた優希は保健室を訪れた。

「どうだったよ、久方ぶりの再会は。盛り上がったか？」

昨日から冷房をつけてしまっているため、電源の入れていない加熱式タバコをペン回しのように弄《もてあそ》びながら木谷が問う。

「盛り上がりすぎて危うく絶交するところでした」

「物騒な話だな。どうしたっつーんだ」

力なく窓際の壁に寄りかかる優希に木谷が声をかける。

けれど、優希は呻《うめ》くようにため息をつくだけで何も答えない。

どう答えたら良いかわからなかったのだ。

「おいおい、めんどくさがらずに教えてくれよ。何があったんだ？」

「何があったっていうか……」

優希は眉間にしわを寄せながら昨日の会話を反芻《はんすう》する。

とりあえずとして、あったままを話すしかないだろう、と。

◇◇◇

「私の復讐を手伝ってくれませんか」

さやかの言葉に、優希はうーんと唸る。

「文系選択だから理系教科はあまり力になれないけど……」

「復習《レヴュー》じゃなくて復讐《リヴェンジ》の方ですよ。文系なのに会話の読解力は低いんですね。

ちゃんとお友だちと話せてますか？」

「間違いであってほしかったからボケただけだよ……！」

謂《いわ》れもない文句に優希は眉根を寄せる。どうやら間違いではないらしかった。

「で、復讐ってなんだよ。犯罪には巻き込まれたくないんだけど」

「犯罪だなんて、そんな物騒なことはしませんよ。私がしたいのは——これです」

さやかが膝の上から取り出したのは、Ａ４サイズのスケッチブックだった。

「自由に中を見てもらって構いません」

「なら見ない」

「それはダメです」

「自由じゃないじゃん」

「そうですね」

有無を言わさない姿勢のさやかに、優希は表情を全力で険しくさせたままスケッチブックを手に取る。けれど、中身をめくった段階でその一切は驚愕に変わった。ページをめくる手がどんどんと速くなり、最後に表紙を見た時点で小さく息をこぼす。

「どういうことだよ、これ」

「見てくれましたか？」

視《み》て確認することのできないさやかの問いに、優希は問い返すことで答えとした。

「あまり言いたくないけど……なんでこんなに下手なんだ？」

ふっと鼻で笑うのが聞こえた。

「また下手って言われちゃいました」

「また？　僕、さやかに下手って言ったことなんかあった？　むしろずっと僕より上手だったろ」

優希が首をかしげれば、さやかはゆるゆると首を振った。

「覚えてないならいいんです。……それで、どれが下手ですって？」

「全部だよ。ここに描いてあるもの、全部」

優希が端を握り潰す勢いで持つスケッチブック。その表紙には〝人物練習　Ｎｏ．４〟と油性ペンで乱暴に記されており、中には文字通り人物のデッサンが描き詰められていた。

問題は、下手なデッサンのページに昨日の日付がつけられているということ。

「ひどい言い草ですね。誰だって拙い時期はあるものでしょう」

「描き始めなら、ね。けどさやかは十年以上前から絵を描いてたはずだ。

僕の憧れてた美澄さやかはどこに行ったんだよ」

絵画は究極的には上手い、下手の概念が存在しないものだ。けれど、前提かつ骨子であるデッサンには明確に巧拙の基準が存在する。これらのデッサンはとてもじゃないが、当時憧れていた人の手によるものだとは思えなかった。

それらを踏まえた上で、優希は自分の発言が当然のごとく反駁《はんばく》されるものだと思っていた。しかし、さやかは水彩花のような笑顔を咲かせながら言う。

「ゆうきくん、それは幻想ですよ」

「幻想？」

　突拍子もない言葉に首をひねれば、さやかは幼児にでも言い聞かせるようなゆったりとした口調で言う。

「問題です。さやかとゆうきが絵を描いていたのは、何歳まででしょうか？」

「……十歳ごろだったはずだけど」

「正解」

　優希の返答にうなずきをひとつして、さやかの口調が元に戻る。

「それってつまり、ゆうきくんが憧れていたのは〝小学生にしては絵が上手い美澄さやか〟だったんですよ。それに私が本格的に筆をとったのは一年前ですし」

「一年前って……」

「療養期間はお遊び程度にしか描いてなかったんですよ。

　描いてたのも人物以外。つまり、私の人体の絵は小学生同然。

　ほら、そうしたらそのデッサンの出来も納得でしょう？」

　言われて、再度スケッチブックに視線を落とす。

　論理自体は理解できる。けれど、この拙い線にどこか納得できない自分がいた。

「でも、私と違ってゆうきくんは進み続けていてすごいですよね。

総文祭に出展できるくらい上手になってるだなんて」

自分のことについて言われて顔をあげた優希は、スケッチブックをさやかの前に戻しながらいやと首を振る。

「あれを描いたのは僕じゃないんだ。

下書きは描いたけどそれも中学生のときで、色を塗って完成させたのは別の人だよ」

「え……で、でもゆうきくんの名前で出てたじゃないですか」

突然告げられた事実に、さやかは動揺を隠せない様子だった。

「描いた人が勝手に僕の名義で公募に出したんだよ。そしたら賞を取って、あれよあれよという間に総文祭に出展が決定、って感じ」

「それはまた……ゆうきくんは自分で描いて出そうと思わなかったんですか？」

「思わなかったかな」

「どうして？」

さやかの問いに、優希は小さく息を呑《の》み込み、答えと共に吐き出す。

「その頃にはもう描いてなかったから」

遠くでカキン、と小気味良いバットの音がした。

「僕からすれば、さやかの方がずっとすごいよ」

「なんでですか？」

「描き続けてる人の方が、ずっとすごいから」

二人の間にわずかな沈黙が流れる。

「……ゆうきくんは、絵を描くの、嫌いになっちゃったんですか？」

「どうだろう、わかんないや」

自分の手のひらを見つめてみる。かすかに筆豆の残った手。どんどん薄くなるそれに、なんの感慨も抱かなかったと言えば嘘《うそ》になる。

「とりあえず、そんなわけだからさやかの復讐は手伝えないんだ。……ごめん」

消沈する優希に対し、けれどさやかはふふ、と笑い声をあげた。

「大丈夫ですよ。ゆうきくんに動いてもらうことはありませんから」

「どういうこと？　たった今復讐を手伝ってくれって」

困惑する優希に対し、さやかは長机の上に手をやってスケッチブックを探り取ると、胸の前でかざしてみせる。

「ゆうきくんには、私のデッサンの被写体《モデル》になってもらいたいんです」

「…………なんで」

「人物画を描きたいんですよ。

でも、人体をほとんど描いてこなかったうえに、療養期間にこうなってしまって」

軽い調子で言いながら、さやかは自分の閉じた両目を指さす。

「なので絵を描くために人を見たことがほとんどないんです。絵や写真でも見られるけど、限界があるじゃないですか。だから――」

「違う、そういうことじゃない」

なおも言葉を続けようとするさやかを遮って、優希は言う。

「さやかが僕をデッサンの被写体《モデル》にしたい理由はわかったよ。僕が聞きたいのは、それがどうして復讐になるのかってことだ」

さやかは一瞬うつむき、顔をあげる。そこにあるのはどうやっても薄まらない感情でべっとりと厚塗りされた、蠱惑《こわく》で恐ろしい笑みだ。

「単純なことですよ。これが、私の復讐だからです」

スケッチブックを再度、自らの前に差し出しながらさやかが言う。

「これが、って……絵を描くことが？」

「完成させることが、です。そのためだけに、私はここまできました」

「そのためだけにって、終わったらどうするんだよ」

「それは終わったその時に考えます。

なので、早く終わらせられるように私のデッサンモデルになってくれませんか」

さやかの誘いに、逡巡《しゅんじゅん》する。

「……ごめん、今すぐ答えを出すのは無理だ。少し時間がほしい」

うなずくことはできなかった。立ち上がりながら、頭を振る。

悪い夢だと切り捨てて、何もかも忘れてしまいたかった。

けれど、出口に向かおうとする背中に声がかかる。

「六年前の約束、ゆうきくんは覚えてますか」

振り返れば、思わず泣いてしまいそうなほどの淡い微笑《ほほえ》みがあった。

優希は押し寄せる感情に思わず舌打ちしそうになるのをこらえながら答える。

「――――『戻ってきたら、一緒に絵を描こう』」

「ふふ、覚えていてくれてよかったです」

部屋を後にしようとする優希に「一日考えてみてください」とさやかは言った。

◇◇◇

「ありゃ、美澄さんがどういう状態かって俺話してなかったっけ？」

「意味深な顔で『行けばわかる』の一点張りでしたよ。

正直むかつきました。ちなみに今でもむかついてます」

「そいつは悪かったなぁ」

まったく悪びれず、にっかりと笑う木谷に優希はため息をつくしかなかった。

「彼女はどういう状態なんですか。見えてないわけじゃないとは言ってましたけど」

「そりゃもちろん。視力自体はバッチリあるはずだぜ」

「じゃあ何なんです」

「しんいんせいこうどうしょうがい」

ぱっと返ってきた言葉にとっさの理解が及ばなかった優希に、木谷がメモを書いて渡す。そこには『心因性行動障害』とあった。

「意味はわかるだろ？」

「もちろんですよ。心因性の行動障害ってことでしょう」

「おいおい、本当にわかってんのか」

心に負った傷によって以前は取れていた行動が取れなくなる——その程度の認識ではあるが、きちんと知識として持っている。

「彼女の場合は人と顔を合わせるという行動が取れなくて、顔が見られない。だから〝無貌の君〟ってことなんでしょう」

「ああ、そうなんじゃないか？」

「そうなんじゃないかって適当な……」

「俺も美澄さんから言われただけで診断書とか見せてもらったわけじゃないしな。彼女、雰囲気あってボケの一つもできなかったわ」

言われて、昨日のさやかを思い出す。穏やかに目をつむったまま『復讐を』と言った姿は優希の記憶を塗り潰すほどに強かだった。

あるいは、目を閉じているからこそ、なのか。

そんな思考に気を取られていた優希を、木谷の声が引き戻す。

「んーで、どうするんだ？」

「どうって、何が」

「モデルになるって話。個人的には受けてほしいんだけど。ていうか受けてくれないと困る」

「？　なんで先生が困るんです」

訝しむ優希に対し、木谷は視線だけを向けて口端《くちは》を歪《ゆが》める。

まるで、優希がそう尋ねるのを待っていたかのような。

否、待っていたのだろう。

歪めたその口で、優希の人生を歪める一言を放った。

「あの子な、学校やめるつもりなんだ」


生徒指導室のドアを開こうとして、グッと固い感覚に阻まれた優希は短く唸り声をあげながら鍵を開ける。そうして部屋に入れば、黒い髪の少女がこちらへ振り向いた。

「一応お聞きしますが、どなたでしょう」

「僕だよ。佐原優希だ」

優希の短い応答に、目をつむったままの少女は悠然と佇《たたず》んだまま髪を揺らす。

それだけで一幅《いっぷく》の絵画のようだった。

「お返事の方はどうですか、ゆうきくん」

にべもなく単刀直入に尋ねるさやかに、優希は太い息を吐き、覚悟を決める。

「受けるよ。受けてやる。僕が君のモデルになってやるよ」

「……そうですか。ありがとうございます、本当に」

「復讐とやらを手伝うんじゃないぞ。人物画を完成させるのを手伝うだけだからな」

「ええ。それで構いませんよ」

さやかは頭を下げ、笑みを深めた。安堵《あんど》からくるのであろう、その笑みは常にうっすらと浮かべているそれと違って、本心で出たのだろうとわかる。けれど、今の優希はどんな笑みを向けられても不満しか湧いてこなかった。

「こっちは最初から受けるしかなかったんだ。

木谷先生と二人して僕を嵌《は》めるようなことしやがって」

「嵌めるだなんて。私がいつそんなことしたんですか」

「僕がモデルを受けなきゃ学校やめるつもりだったんだろ」

「それは、まあ。こんなこと、ゆうきくんにしか頼めませんし」

「そんな理由で人に十字架背負わせようとするなよ。こちとら善良な一般学生だぞ」

「別に十字架を背負わせるつもりはなかったんですけど……」

うーん、と困ったような声をあげながら人差し指を頰に当てていたさやかだったが、ふいに何かを思いついたように「じゃあ」と手を打った。

「私が学校をやめなかったら？」

「は？」

困惑する優希の眼前で、さやかは淡々と言う。

「心配しなくても出席に関しては特別に便宜を図ってもらってますし、遅れて受けた定期試験も問題のない程度には点数を取っているので卒業に関する懸念は一切ありません。このまま登校し続けさえすれば私は無事に卒業することができます」

「はぁ……それが？」

「ゆうきくんの言う〝十字架を背負う可能性〟が無くなったら果たしてモデルを引き受けるのか、気になるんです。私が学校をやめない場合、ゆうきくんは断りますか？」

見えていないはずなのに、さやかはこちらに顔を据えてくる。

優希はなぜそんなもしもの話をするのか、真意を測りかねた。表情を歪ませながら必死に思考を巡らせるがついぞわからず、答えを出すのを諦める。

「……いや、受けるけど」

「どうしてですか？」

「どうしてって……どんな風に描いてるのか見たい、から？」

優希の返答を聞いたさやかの表情が無になり——綻んだ。

そう思った次の瞬間には音を立てて噴き出し、声をあげて笑っていた。己の行為を恥じたのかすぐに両手で口を押さえ、それでも堪えきれずにくすくすと声をもらす。

その様子に少しだけ、昔のさやかを思い出す。ひまわりのような、爛漫《らんまん》な笑い。けれど突然そんな笑い出されては怖いというのが正直なところであり、さやかの笑いの虫が治《おさ》まるまで待つしかなかった。

「ふー、はー……ゆうきくんって、本当にゆうきくんなんですね」

ようやく息をついたさやかは目尻の涙を拭いながら、そんなことを言った。

「どういうことだよ」

「安心したってことです。私の前にいるのは、本物のゆうきくんなんだって」

「……それはどうも」

優希は顔をしかめながらそらす。赤くなっているだろうその顔を見られないのは幸か不幸か、今の優希にはわからなかった。

こうして、二人のデッサンが始まった。

《4》

「モデルを引き受けたはいいけどさ、人と顔を合わせられないならデッサンできなくないか？」

すったもんだの紆余《うよ》曲折《きょくせつ》を経て、ようやくデッサンが始まろうとしていたが、優希の脳内には昨日のさやかの台詞《セリフ》が浮かんでいた。

『絵を描くために人を見たことがほとんどないんです。絵や写真でも見られるけど、限界があるじゃないですか。だから――』

顔を見た時点でアウトならそもそも絵や写真だろうとできないはず。なのに対人なんてどうしたって不可能だろう。けれど、さやかはゆるゆると首を振る。

「できますよ。これをつけてください」

そうして渡されたのは、何の変哲もないアイマスクだった。

「なんでアイマスク？」

「顔を合わせられないとは言いましたけど、目を見なければ大丈夫なんですよ」

「つまり、正しくは『目を合わせられない』ってこと？」

「そういうことになりますね」

「まあ、目は口ほどにモノを言うっていうくらいだし――って、いや」

納得したのもつかの間、優希は重大な事実に気づいて声をあげる。

「これじゃどんな風に描いてるのか見られないじゃん！

反対だー！　デッサン反対！　やめやめ！」

ぎゃーぎゃーと騒ぎ立てる優希に対し、さやかはぼそりと呟《つぶや》く。

「じゃあ学校やめるしかないですね。これから大変だなぁ……」

「ぐっ……わかったよ、やるよ！　やればいいんだろ！」

「ふふ、ありがとうございます。じゃあ遮光カーテンを閉めて、机を横にずらしてもらっていいですか。身体が全部見えるようにしたいので」

「そんなんで開けられるようになるのかよ」

ぶつくさと文句を垂れながらも言われたことをなし終えた優希はさやかと向かい合うように椅子に座り、アイマスクをつける。

「準備できたよ。もう何も見えない」

「ありがとうございます。じゃあ――」

数瞬の沈黙が降り、あ、いま自分を見たな、と直感で理解した。

「ゆうきくん、想像通りの見た目してるんですね」

「それは良い意味？　それとも悪い意味？」

「良い意味ですよ。変わり種の映画を好きな人が絶賛してる映画を見に行ったらちゃんと変わり種だった、みたいな」

「ちっとも良い意味じゃないね、それ」

　Ｃ級映画を見るより往年の銀幕作品を見た方が良いと思っている優希からすれば心外な表現だった。そんなものを絶賛している人とは付き合いを見直した方が良い。

「ていうか、いま思ったんだけどさ。これ僕が『準備できたよ』って嘘ついて、さやかが目を開ける瞬間を見つめてたらどうなってたんだ？」

「別に大したことはないですよ」

「なんだ、そうなのか……てっきり人に対して何か――」

「その場で失神した後、外界とのつながりを断つ期間が半年ほど生まれるだけです」

「……絶対やめとこ」

　それこそ十字架を背負いかねない行為だったと身震いして居住まいを正す優希に「でも」と声がかけられる。

「ゆうきくんはそんなことしないってわかってますから、大丈夫ですよ」

「僕を買ってくれるのは嬉しいけど、判断早くない？」

「いいえ、むしろ遅すぎるくらいです。なのでさっそく始めちゃいましょう」

そうして始まったデッサンはつつがなく進行した。――開始十分後までは。

「暇ですし、なにか話しませんか？」

「いま暇って言った？　まだ始まって十分だけど」

「ほら、ポージング中は座ってるだけで暇でしょうから」

「あいにくポーズを崩さないようにするので精一杯だよ！」

「言い間違えました。私が喋りたいので話しましょう」

それは言い間違いじゃなくて本心って言うんだ、と突っ込みそうになるのをグッと堪える。

「……そういえば、喋りながら描くの好きだったな。意味わからないタイミングで話が切り替わるから最初はめちゃくちゃ怖かったの思い出したわ」

昔のさやかは絵を描きながら喋るのが好きだった。が、喋ることで頭と手を回すのが半ばの目的であり、脈絡なく別の話題に飛ぶことがしょっちゅうだった。

「いまの私はゆうきくんとお話がしたいんです。

一人でお喋りを続けるようなことはしませんよ」

「いや、それでも描く方に集中しなよ。せっかく生《なま》の人物がいるんだから」

「静かに黙々とやるのでは、一人で描いている時と変わらないんですよ。それに話をしてどういう人かわかったら、より上手く描く方法が見つかるかもしれませんし」

「それは……」

　さやかの言うことにも一理はあった。

『内面から人物理解を深め、その人の魅力を引き出してより良い絵を描くべく、美術モデルの人とは積極的にコミュニケーションを取る』という派閥は確かに存在する。

　そして絵描きは小説家などの文筆業と違い、喋りながら作業がしやすい。それどころか好んでやる人もいたりする。

　そうした観点から、さやかができる、やりたいというなら優希に否定できる理由はなく、これもモデルの務めだと自分を納得させ、了承することにした。

「まぁ、じゃあ〝相互理解を深めるため〟ってことで」

「それだと堅苦しいので〝仲良くなるため〟にしましょう」

「すごくどっちでもいいな……それで、具体的には何を話す？」

「なんでもいいですよ。私に聞きたいことがあれば聞いてもらって構いませんし」

「なんでもって言われても、ねえ」

　優希が考え込んでいる間も、絶えず紙に鉛筆を走らせる音が聞こえてくる。相当な速筆家か、量で稼ぐタイプなのだろう。いわゆる『消しゴムで描く人』だ。力強いその音からは筆に淀《よど》みや迷いなど微塵《みじん》も無いことが伝わってくる。意外な印象だった。

「じゃあ、好きな食べ物とか？」

そして質問は考えつかず、とりあえずの問いを投げてみれば、一瞬の沈黙が降りる。

「……オムライスです、けど」

「あれ、そうだっけ。ラ・フランス好きじゃなかった？」

「……まあ、それも好きです」

「そう。じゃあオムライスの卵はきちんと焼いたのがいい？　それとも半熟？」

「絶対とろとろのやつです。それ以外ありえません」

「うわ半熟過激派だ。じゃあ目玉焼きもか」

「別に目玉焼きは——って、ちょっと待ってください。

なんで好きな食べ物の話なんかしてるんですか」

「え？　だって聞きたいことがあればって言ったから」

「普通、ほかにもっと聞くようなことがあるでしょう。療養期間はなにしてたの、とか。

向こうでの暮らしはどうだったの、とか。……どうしてこうなったの、とか」

最後の言葉はかぼそく、消え入るようだった。

「逆に聞くけど、聞いてほしいの？　どうしてそうなったのか」

優希は腕組みをしようとして己の役目を思い出し、慌てて元に戻す。

「……そういうわけじゃ、ないですけど」

「ならいいじゃん」

「でも、普通は聞きたくなるものじゃないですか？」

「普通はそうかもしれないけど、僕は聞かないかな。

大事な相手ほど、踏み込んだことは聞かないようにするよ」

「それは……どうして？」

切実な声音の問いだった。いつのまにかさやかの筆の音は止んでいて、優希は今度こそ腕を組んで思考をまとめながら喋る。

「どんなに仲の良い相手でも、知られたくないことはそのままでいいと思うんだ。そりゃさやかが聞いてほしかったり、いつか何かでその必要に迫られたりしたら聞くよ。けど、そうじゃないなら、わざわざ傷をさらけ出す必要はないはずだ」

家族に対してですら、知られたくない秘密や隠し事の一つや二つあるものだ。

優希にだって当然ある。いまだって隠している。

「そもそも、六年も期間が空いてたら初対面とほぼ変わりないし、そんな相手に最初から込み入ったことは話さないでしょ？　なら、また一から関係を築いていって、仲良くなって話してもいいなって思ったら話してよ」

さやかはしばらく無言だった。そして、ぽつりとこぼす。

「……こんな私が、一から築いていいんでしょうか」

「互いにこんな変わってるんだから、一から築くしかないよ」

そう返せば、アイマスクの向こうからくすりと、笑い声が聞こえた。

「なんだか、私の知ってるゆうきくんと別人みたい」

「そりゃあ六年空いてますから。……それを修正するためにも話そう。ほら、再開だ。手が止まってる」

「……はーい」


デッサンをしながら、二人はさまざまな話をした。

たとえば好きな食べものについて。

「さっき聞きそびれましたけど、ゆうきくんの好きな食べ物は？」

梅干しが嫌いっていうのは覚えてるんですけど」

「よく覚えてたな。で、好きな食べ物？　無いな……強いていえば牛乳くらい？」

「友だちいない人のお手本みたいな返ししないでくださいよ」

「してないよ！」

たとえば互いの成績について。

「前期総合二位？　私の三十位なんかよりよっぽどすごいじゃないですか」

「他にやることがないだけだよ、ガリ勉ってやつ」

「そんな謙遜なんか……あ、いや、もしかしてお友だちがいないから本当に……」

「いるよ！　数は少ないけど！」

たとえば交友関係について。

「そういうさやかはどうなの？　僕にはさんざ言ってたけど」

「たった今できましたよ。ゆうきくんっていう素敵なお友だちが」

「そりゃこっちは僕だけだろうけどさ、向こうにはいなかったのかって」

「だからこっちに来たんじゃないですか」

「いなかったのかよ……」

話をしていくうち、優希は少しずつ現在のさやかのことを理解していった。

断言できる。彼女は変わった。

かつての活発かつ闊達《かったつ》な少女の姿はどこにもなく、淑女とでもいうべき人人しい性格に様変わりしていて、深い感慨を覚えた。以前は皆より早めに描き出さないと提出日に間に合わないような筆の遅さだったのが、見違えるほどの速度になっていた。

「そんなに速く描けたら楽しいだろうな」

「あいにくですけど、楽しいと思ったことはないですよ」

「……なんで？」

「これが、復讐だからです」

断言できる。彼女は、変わってしまった。

初恋の少女は、もはやどこにもいない。

《5》

デッサンが始まって一週間ちょっと経った。

その日の放課後、優希は『さやかの様子やデッサンの状況について知りたい』という木谷の呼び出しに応えるべく、保健室のある西棟の廊下を歩いていた。

かったるいなと思いつつ、サボったところで次の日にまた呼びつけられるだけなので大人しく出頭するしかないと、日直業務を終えてから出向いたわけなのだが。

「そんなの気にせず声かけりゃいいんだよ！　優希が断るわけないんだから！」

廊下の角を曲がり、保健室のドアを目前にしたところで木谷のそんな声が飛んできて、優希は思わず眉根をひそめる。ただの保健医兼スクールカウンセラーがなぜ井戸端会議に興じる奥様のような声音を出しているのか、不思議でならない。

「あいつのお人好《ひとよ》しっぷりは知ってるだろ？　もっと押せば絶対にいけるって！」

昂《たかぶ》った言葉は誰かを励ましているようだ。相手の声は小さくて聞こえない。だが、優希には誰だか見当がついていた。

ノックもせず、ガラリとドアを開ける。

中を見れば、荒れた机に片手をついて立ち上がっている木谷と、向かいには予想通りの人物——新道茉歩《しんどうまほ》が縮こまって座っていた。

〝守ってあげたくなる可愛《かわい》さ〟と彼女を囲う連中《クラスメイト》はよく言っているが、確かにいまの茉歩は守ってやりたくなる状態だった。大きな黒目は不安げに揺れ、ただでさえ小さな身体は縮こまるともはや何かの小動物に見えてくる。

愛嬌《あいきょう》のある顔立ちもさぞネガティブな感情で歪んでいることだろう。ふと、どこかで見た『可哀相《かわいそう》は可愛《かわい》い』という言葉を思い出した。

「わ、わ、佐原くん……」

茉歩は眉根をひそめたまま保健室に入ってきた優希の姿を認めると、丸っこい目をさらに丸くして、小さな両手をあわあわと左右に振り始める。

「あ、あの、これは違うの。わたしは落とし物を取りに来ただけで」

言われて、振られている右手にいつだかの心理テストの本が握られているのに気づく。

誰がこんなものをと思ったが、こうして見れば茉歩以外にいない。

「だから変な話は全然してなくて……嘘ですちょっとはしてましたごめんなさい！」

せせこましく言い訳をしていたかと思えば、一転して勢いよく頭を下げる茉歩の忙しさとまぶしさに優希は内心で笑んでしまう。

「まだ何も言ってないし、別に怒ってないから、落ち着いて」

「そ、そっか。わかった……」

うなずいた茉歩が顔を上げると、頭の上に纏《まと》めたキャラメル色のお団子がワンテンポ遅れて揺れる。そうして茉歩は深呼吸を試みたが、やかましい声がそれを遮った。

「噂《うわさ》をすればお出ましだ。いま言っちまえよ、ほら」

「うえええむりですむりです、心の準備がぁ……！」

興奮した様子で木谷がサムズアップするのに対し、茉歩は高速で首を振る。そのうちポロッともげてしまうのではないかと心配になるので優希は早々に止めに入る。

「ビッグフットが子リスをいじめて遊ばないでください。前代未聞ですよ。あと、新道はやるべきことはきちんとやるやつなので心配いらないです」

「そんな正義の味方ムーブするなよ～。まるで俺がヤなやつみたいだろ」

「今のムーブ、ばりっばりにヤなやつですよ。……で、何の話してたんです」

優希がしれっと話の内容を聞けば、木谷も平然と乗ってくる。

「あぁ、それそれ。なんでも文化祭のポスターをどうのって――」

「わーっ！　わーっ！　佐原くんは聞いちゃダメーっ！」

せめてもの抵抗として目の前でぶんぶんと両手を振る茉歩に、思わず苦笑する。流石《さすが》にやりすぎたか、と久しぶりの会話にテンションが上がりすぎたことを反省しつつ、会話を変えようとしたところで――

「おいマホ、落とし物はあったのか――って、あ？」

ガラリと開いたドアから半身を覗《のぞ》かせた人物と、目が合ってしまった。

浅く焼けた肌に、染髪の名残がある茶色交じりの短髪。一瞥《いちべつ》するだけでわかる体つきに、見る者の心に風を吹かせる爽やかな面持ち。クラスメイトの久地《くじ》孝宗《たかむね》だった。

「……っと」

孝宗の出現により、優希はそれとなく茉歩から一歩離れる。そんな優希を茉歩はどこか物憂げな顔で見上げていたが、やがておずおずと孝宗の方へ向き直った。

「おっ、久地くんじゃあないか。新道さんのお迎えか？」

軋《きし》む空気を察した木谷が声をかければ、固まっていた孝宗もはっと顔をあげる。

「そうなんすよ。委員会行こうとしたらいきなり『落とし物保健室にあるかも！』って駆け出していっちゃって。ぜんぜん戻ってこないんで様子見に来ました」

「そういうことならばっちり見つかったよ。なぁ？」

木谷の問いかけに、茉歩は首を縦にぶんぶんと振る。

「なら良かった……ってか、佐原！　なーにしてんだよ、こんなとこで。腹でも痛くなったのか？」

あくまで軽い口調の声にそちらを見やれば、再び目が合った。どんな知り合いにも分け隔てなく接する優良少年のような行為。けれどその実、そうしたすべてが怯懦《きょうだ》によるものだということを優希は気づいている。

だから、その何度目とも知れない問いかけに、いつも通りの返答をする。

「別になにも。木谷先生に呼ばれて、来たら新道がいた。ついさっき」

「そうそう。こいつ、進路希望票をいまだに出しやがらねえんだ。

久地くんからもガツンと言ってやってくれ」

大げさな素振りで腕を振る木谷に、孝宗は肩をすくめる。

「狩野ちゃんにだけはしばかれないようにな」

「しばかれるときは木谷先生も一緒だよ」

優希がはっと息を吐けば、孝宗はからりとした笑い声をあげる。聞くだけで胸の空くような笑い方だった。

「それじゃ行こう、マホ。もう委員会みんな集まってるってよ」

「え、ウソっ!?　もっと早く言ってよぉ！」

「文化祭まで二ヶ月切ってみんなモチベあがってんだって。

遅れたらモチベないって思われんぞー？」

冗談交じりの口調でそう言って、孝宗は「そんじゃ、失礼しました！」と木谷の方へ元気良く挨拶してから半身だけ覗かせていた身体をすべて廊下の方へ引っ込めた。

「ないことないもん！　だって――」

茉歩は何か言いたげな顔で優希の方を見たが、すぐに顔をうつむかせてしまう。そうしてシャツの腹あたりをぎゅっと握ったまま、絞り出すように言う。

「あ、あの……佐原くん。実はね、頼みたいことがあって……」

「なに？」

「もし、本当にもし、佐原くんがいいよって言ってくれたらなんだけど……！」

もはや震えながらシャツを握りしめている茉歩の横顔を静かに見つめる。髪をまとめていることによって露《あら》わになっている茉歩の耳は真っ赤だった。

「もし良ければ、ポスターの――」

と、そこで。

「マホー。まだかぁー」

半開きの保健室のドアから、遠く孝宗の叫び声が滑り込んでくる。

茉歩は椅子から飛びあがりかけ、実際に「ぴゃっ」と小さく声をあげた。それで、何かが切れてしまったようだった。

「ご、ごめん、また今度言うねっ！　あはは、急がなきゃ怒られちゃう」

茉歩は自分のスクールバッグに心理テストの本を無造作に突っ込むと、バタバタと保健室を後にしようとする。が、ドアの前にたどり着くと、くるりと振り返って、

「佐原くん！」

「うん？」

「ばいばいっ」

小さく手を振る茉歩に、優希はわずかに嘆息しながら片手をあげて返した。

そうして出て行った茉歩のパタパタという足音もやがて消え、代わりに部活に興じる生徒たちの喧騒《けんそう》が入り込んでくる。

「よもや優希が告白でもされるのかと思ってびっくりしたぜ。ええ、おい？」

部外者が誰もいなくなったのをいいことに、そんなことを言いながらさっそく加熱式タバコを取り出している木谷に優希はゴミを見るような視線を返す。

「ないですよ。さっき言ってた文化祭のポスターがどうの、ってやつでしょう」

どうの、の部分も予想がついていたが、あえてぼかした。

「じゃあさっきの別れ際はなんだ？　なんでもない相手に向ける顔じゃあねえよな」

木谷は慣れた手つきでカートリッジにスティックを差し込む。

「何度か優希と話してるところを見かけたことはあったけど、まさかそういう感じだっ

たとはなぁ、知らなんだぁ」

「まったく違います。ていうか、僕はともかく新道と久地に失礼ですよ、それ」

「付き合ってるからって？　でも告白したのは久地くんなんだろ？

じゃあもしかしたら……ってことも？」

背もたれに体を預けた木谷が頭の後ろで腕を組みながらこちらを見てくる。

優希は辟易《へきえき》した。

「新道のあれはそんなんじゃないですよ。もっと単純な話です……きっと」

言《い》いながら、保健室の閉じたドアを見やる。

きっと。その言葉は祈りを孕《はら》んでいた。

「ま、何も問題がないならなんでもいいけどさ。誰にも言い出せなくなる状況になる前に、困ったら相談しろよ？　別に俺じゃなくてもいいし」

木谷は口端を歪めながら加熱式タバコをくわえて、細く煙を吐く。その優しげな雰囲気に優希はようやく冗談を返す余裕が生まれる。

「感情に具体的な解決策なんてないですよ。

せいぜい相談って体《てい》の良い愚痴吐き会になるだけです」

「バカだな、その愚痴を吐きに来いって言ってるんだよ。感情に全力で乗ってやるのが俺の仕事なんだから。せいぜい全力でよしよししてやる」

自信に満《み》ち溢《あふ》れた様子でそんなことを言い切るだけで頼もしく見えてくるから不思議なものである。人間とは印象がほとんどなんだな、と思うと同時に自分の心も軽くなるので大概だった。そんな事実を誤魔化すように、優希は話題を変える。

「……ところで、本日呼ばれた議題がまだなんですが。無いなら行っていいですか、あんまり待たせるのも悪いので」

「っと、そうそう忘れるところだった。

どんな感じよ美澄さんは。デッサン上手くやれてるか？」

感心したように手を叩く木谷。これは本気で忘れていたやつだ。

こんなんで良くカウンセラーやれてるな、と呆《あき》れ返《かえ》りそうになりながら報告をする。

「基本的には。僕がアイマスクをすることで目は開けられる感じです」

「へえ！　じゃあ対外的な心理のハードルは軽いのか？　それならどこでも目を開けられるようになる日はすぐそこやも……なんて、楽観的に捉えたくなるな」

「それは専門家じゃないんでわからないですけど、今のところはデッサンも、僕らのコミュニケーションも円滑にできてます」

「なーんか意外だったな。じゃあ何も問題ない感じだ？」

優希は言い淀んでから、やがて口を開いた。

「……いや。実は、ひとつだけ――」

◇◇◇

こんこん、と生徒指導室のドアをノックすれば、いつも通りの声が返ってくる。

「はい、どなたでしょう」

「僕だ」

いつのまにかルーティンになっていた決まり問答をして部屋に入る。

「ごめん、木谷先生に呼ばれて遅くなった」

「大丈夫ですよ。ちょうどアルバムひとつ聴き終えたところだったので」

見れば、さやかは手に小型の音楽プレイヤーを持ち、耳には有線のイヤホンをつけていた。今どき有線なんて珍しいな、と思いながら優希は鍵をかける。

「何聴いてるの？」

優希の問いにさやかは両耳からイヤホンを外すとそのまま前に差し出して、

「どうぞ」

「どうぞ、って。え？」

「口で説明するより、聴いてもらう方が早いと思いますから」

「……じゃあ、遠慮なく？」

拒否するのも違うので素直に手を伸ばし、イヤホンを受け取り、先ほど抱いた感想そのままを口にする。

「わざわざこんな音楽プレイヤーに有線イヤホン使うのって珍しいよね。今どきみんなサブスクにワイヤレスなのにさ」

「画面に顔が映らずに済むので」

「……ああ、そういうことか」

なんだか気まずくなってしまった優希は逃げるようにイヤホンをつける。

そうして流れてきたのはピアノの優雅なメロディだった。そこへ交わるようにサックスの薫るような音色が織り込まれ、目立たない程度にウッドベースやドラムスが心地良いリズム感を作り出している。けれど、ただでさえあまり音楽を聴かない優希のなかに、この曲を的確に言い表せる語彙も知識もなく。ただ、わずかな経験から類推するとすれば――

優希はさやかにイヤホンと音楽プレイヤーを返した後、感想を口にする。

「なんだかジャズっぽい？　それにしては上品、って言ったらいいかわからないけど」

「つまりジャズは下品と」

「いや違うよ⁉　あのっ、あれだ！　クラシックっぽいって意味！」

あわてて説明を付加すれば、さやかはくすりとおかしみを口元に含む。

「確かにそうですね。これはジャズアレンジされたワルツなんですよ」

「ワルツって、踊りのワルツ？」

「踊りのワルツです。くるみ割り人形とか聞いたことありません？」

「名前くらいは……。そういうのが好きなの？」

「本当に少しですけど、ダンスをやっていた時期があるんです。その名残ですね」

「こうして話すようになってわかったことだけど、さやかって意外とお嬢さまっぽいというか、ロマンチックなところあるよね。趣味は夜空を見るための深夜の散歩だって言ってたし」

生徒指導室《こんな場所》に引きこもって物理的に深窓の麗人となっているのも相まっている。けれど、他称お嬢さまはその評価が気に食わないようで、唇を尖《とが》らせる。

「誰だって散歩くらいするでしょう。そんなのでお嬢さまなんて言われても。それにダンスも散歩も一年以上ご無沙汰です。とろとろ卵のオムライスだって食べられてませんし」

「人前で目が開けられないんじゃあね。

でも、オムライスくらいは作れるんじゃないのか？」

「自分じゃ作れないから好きだったんですよ。私、料理下手ですし」

さやかは小さくため息を吐きながらゆるゆると首を振る。その落胆ぶりに、本当に食べたいんだろうな、となぜか優希は同情してしまう。

「なんだかますますお嬢さまっぽいな」

思わずそんな感想をこぼせば、さやかはむー、とうなり声をあげる。

「そういうゆうきくんだって、学校サボって花の写真を撮るのが趣味なんでしょう？　私のこと言えないじゃないですか」

「別に僕はお嬢さまって言われても気にしないしな。そうですわね～って言いながら相手に好きな花の一つでも聞いて、話に花咲かせるよ」

「上手いこと言って……私が悪かったです。早くデッサンしましょう」

長い髪をわずらわしそうに払い、さやかがスケッチブックを手に取ろうとする。が、その前に優希がスケッチブックの端を押さえていた。

「残念ながら、そういうわけにはいかないんだ。もう一つだけ、君の話をしなくちゃいけない」

「？　私のですか」

……ああ、これは今日もできてないな。

確信を胸に捉えながら、それでも問わねばならない。

せめて詰問のようにならないよう、意識して柔らかく声を発する。

「ラフはできた？」

「…………ぅ」

気まずそうに、さやかが顔をそむける。

ラフが切れない。

それが、この一週間ちょっとで発生した唯一にして致命的な問題だった。


「まだできないか」

肘をついて鼻から息を抜く優希に、さやかは細かく首を振る。

「いえ、ちょっとやる気にならないだけなんです。明日になったらきっと描けます」

「ネームのできない漫画家みたいなこと言ってんなよ……」

「職分が似てるのであまり上手くないですよ、ゆうきくんらしくないですね」

「人のツッコミ批評してる暇があるならアタリの一つでもとってくれ……！」

単純にして重大なその事実は、デッサンを開始してから五日目に発覚した。

そも、さやかのデッサンは極めて順調に進んでいた。

「代わりと言わんばかりに昨日の今日で12ページも進めてるし……」

デッサンは四日目から今までの反省で開始する流れになったので、優希は手に取ったスケッチブックをめくりながら、そのおそろしい進捗具合に感嘆とも呆れともつかない息をこぼす。

その尋常ならざる速度はクロッキーでもやってるのかと錯覚するほどで、使いかけだった二冊目をあっという間に黒鉛で塗り潰し、デッサン開始から四日経つ頃には三冊目に突入した。

描く速度が速い、ということは当然ながら上達の速度も速いということで、人物を一人描くだけの経験値は貯《た》まったと判断して四日目に「そろそろラフを描いてみたら」と促した。それに対して、さやかは素直にうなずきを返した。

けれど次の日も、その次の日も、一枚も、正確には線の一本すら引けずにいた。

結局、今日も描けなかったようだった。

ネームのできない漫画家のような少女はしょぼくれたように肩を落とす。

「すみません、本当に明日こそは必ず……」

「明日は土日で休みだよ。まあ焦ってもどうにもならない問題な気がするし、この土日でちょっとでもできれば良いんじゃないかな」

「試しに聞くんですけど、できなかったらどうなります？」

「すごく困る。極論で言ったらデッサンやる意味だって無くなっちゃうわけだし」

デッサンは手段であり目的ではない。最終目的である人物画を描くための下書きの前段階すらできないのなら、デッサンをやる意味もなくなってしまう。

優希が軽めのトーンでそう伝えれば、

「それは……困りますね。すごく」

うつむいたさやかは、髪の紗幕《しゃまく》で表情を隠したままうなずいた。

《6》

「なぁ、優希。美澄さんから何か連絡来たりしてるか？」

教室にやってきた木谷からそんなことを聞かれたのは月曜日の昼休みだった。

「連絡先持ってないんでわからないです」

口に運ぼうとしていた唐揚げをご飯の上に軟着陸させつつ答えれば、木谷はあんぐりと口を開ける。

「まじかよ？　連絡先なんも交換してないのか？」

「連絡とれるものを持ち歩いてないんですよ。所持自体はしてるみたいなんで、僕の連絡先は紙に書いて渡しておきましたけど、連絡が来たことはないです」

以前話していた通り、画面が見られないから使わないのだろう。

しかし、優希の答えに木谷は口元を思い切り歪める。

いつも飄々《ひょうひょう》と構えている木谷にしては珍しい。

「何かあったんですか」

「無断欠席。なーんも連絡が来てないんだな」

こまったこまったと肩をすくめる木谷に、今度は優希が顔をしかめる。

「来てないって、なんで」

「それがわかんねんだっつの。……んでわかんないから頼みがあるんだけど」

「イヤです」

「まだ何も言ってねーだろがよ」

優希の頭にチョップをかました木谷は一枚のメモ用紙を取り出した。

「これ美澄さんのマンションの住所と部屋番号。ってても駅前のでっかいマンションだから行けばわかる……ってなんだその顔」

木谷がメモ用紙から視線を移せば、優希は渋柿と淹《い》れすぎたコーヒーと魚の臓腑《はらわた》を丸ごと口にしたような表情をしていた。端的にいうとめちゃくちゃ歪んでいる。

「感情《きもち》的には死ぬほど行きたくないって顔だな。じゃあ論理的に詰めてやるよ。今日の放課後、予定は？」

「…………………ないです」

「んじゃ行け。よし決定」

先手一手詰め。何が論理的だったというのか。しかし敗因は優希《こちら》にあったので、諦めのため息をついてメモ用紙を受け取る。

「ていうか先生こそ言いたいことあるんだったら連絡くれたら良かったじゃないですか。連絡先持ってるんだし。なんでわざわざ教室くんだりにまで来てるんです」

「バカだな優希、マジメな公務員が職務中に携帯なんか使うかよ」

「ヤニで脳みそまでダメになったんですか？」

「そうかもなぁ。戻って一服してこねえとだ」

優希の文句に動じた様子もなく、木谷はフハハと悪役じみた笑い声をあげて去っていった。いっそバレて懲戒免職にでもなってしまえ。

「佐原くん、木谷先生となんの話してたの？」

木谷が教室からいなくなったのと同時、斜め前の席でクラスの女子連中と楽しく食事をしていたはずの茉歩がそんな声をかけてきた。

「別に大したことじゃないよ。なんで？」

「なんで⁉　えっと……最近楽しそうだから、なにかあったのかな～って！」

「たのし、そう……？」

斜め上の発言に、感情を初めて知ったアンドロイドのような反応をしてしまう。むしろ毎日頭を抱えさせられてばかりである。が、密室で女子相手に目隠しをしてデッサンモデルやらせてもらってますなどと言えるわけもないので、当たり障りのないように答える。

「まあ、友だちの見舞いに行くことになっただけだよ」

けれどその返答に茉歩は口元に手を当てて、

「えっ、佐原くんに友だち……」

同時、茉歩と一緒に昼食を食べていたバスケ部女子がぶっと噴き出す。そちらを睨《にら》んでみるも、彼女は慌てた様子でお茶を呷《あお》るばかりでまったく気づいていなかった。

◇◇◇

駅前のマンションは、数年前から始まった再開発の象徴のような存在だった。

「……でっか」

見上げるだけで痛めそうになる首を労《いたわ》りつつ、瀟洒《しょうしゃ》な門構えのエントランスに入る。

「ひっろ……」

あまりに綺麗《きれい》な空間はかえって居心地が悪くなるのだな、と清い水と魚のことわざを思い出しながら、呼び出しパネルでさやかの部屋番号を押す。が、三十秒経っても反応がない。

「寝てるのか？」

あるいは部屋番号を間違えたのかと紙を見直してみるが、間違いはない。もう一度押す。数十秒が経ち、これは寝てるなと〝消〟ボタンを押そうとしたその瞬間。

『はい』しゃがれた声。次いで、んんと咳《せ》き込む音。二度三度と繰り返し鳴り、それから仕切り直すように『すみません。どなたでしょう』

ああ、これはさやかだな、と半ば安心感すら覚える。

「佐原です。学校来てなかったからどうしたのかなってお見舞いに来たんだけど」

『………………ゆうきくん？』

ゆ、の部分が若干裏返っていた。

「うん、そうだけど……」

『えっとにじゅ――十五分ください！』

「はい⁉　どういうこと⁉」

『そういうことです！　部屋の前で待っててください！』

そのまま通話が切れる。唖然《あぜん》とする優希の前で自動ドアが静かに開いた。

◇◇◇

結局、きっかり十五分後にさやかは姿を現した。かちゃかちゃと内側から音がして、ドアロックの外れる音と同時にさやかが半身をさらけ出す。

「すみません、遅くなりました」

「ほんとうだよ、なんでこんなに遅――」

部屋の前でしゃがみ込んでいた優希は文句の一つでも言ってやろうと、勢い立ち上がったところで息を呑んだ。理由は三つ。まず格好が、白無地の半袖Tシャツに、イルカパンツという部屋着だったこと。次に、どう見ても風呂上がりだったこと。学校の制服と違いラフな格好で、濡《ぬ》れた髪と露出した肌からシャンプーとボディソープの匂いが強く漂ってくる様は五感に強烈な刺激を叩き込んでくる。そして最後に、

「……なんでサングラスかけてるの？」

「外に出るときはいつもかけてますよ？　学校に行くときも」

「いまつける意味ないだろ」

「ゆうきくんがいるじゃないですか」

ふふんと鼻を鳴らしてサングラスのつるを指で押し上げるさやかに、優希はすっかり毒気を抜かれてしまった。その姿に何を言おうか迷っていると、突然さやかがずるずるとその場にへたり込んでしまう。

「ちょ、急にどうしたんだよ」

優希が慌てて寄れば、さやかはドアノブに縋《すが》るように浅く息をしながら笑って、

「ちょっと脱水症状で頭痛と嘔気《おうき》と全身の倦怠感《けんたいかん》がありまして」

「正確に症状述べてる場合か！　いつから水分とってないんだ！」

「わからないです……。シャワー浴びる前にコップ一杯分は飲んだんですけど、足りなかったみたいですね」

「脱水状態でシャワー浴びるとか頭も足りてないぞ！　僕が何か持ってくるからとりあえず中に入って！　冷蔵庫はどこにある？」

「まっすぐリビング入って左奥です……うぅ」

引きずるようにさやかを中に入れ、靴を蹴り脱ぎ、正面のドアを開けた。なぜか真っ暗な部屋の中、稼働の光でそれとわかった冷蔵庫に飛びつき、目についた１・５Ｌのペットボトルを摑《つか》み取《と》り、大急ぎでさやかの元まで持っていく。

「これ！　フタ外してあるから飲んで！」

優希が手渡すと、さやかは弱々しい手つきで受け取り、そのまま口をつけた。

んぐ、んぐ、と嚥下《えんげ》の音と共に、玄関照明に照らされた水が揺れ動きながら、その量を減らしていく。口端から水をこぼしながら一気に半分ほど飲んだところでようやく口を離した。

「あぁ……生き返った。ありがとうございます」

「どういたしまして。で、なんで脱水になんか陥ってたんだ。

部屋の中で迷子にでもなった？」

「いえ、それは流石に。一人の時は目を開けていられますし」

そこで言葉を区切ったさやかは「よいしょ」と立ち上がる。そのまま壁に手をついてリビングまで歩いていこうとして、途中のドアが開いていたことに気づいていなかったらしく「どべっ」と間抜けな声をあげて盛大に倒れた。

「なにやってるんだ……打撲とかしてない？」

さやかの無事を確かめるべく中を覗き込んでみれば、そこは洗面所だった。

顔を入れるだけで湿気を感じるあたり、本当に上がった直後に出てきたらしい。真っ白な壁に取り付けられた洗面台には化粧水などの小品が散らかっており、足元にはバスマットが出しっぱなしだった。これまた開けっぴろげのバスルームも三面の壁は水滴で濡れている。

「なんつー荒れ方……」

目前の景色に言及すれば、おでこを押さえていたさやかはむっと唇を尖らせる。

「その辺が荒れてるのは急いでたからです！　それともなんですか、もっと待たされた方が良かったですか、そうですか」

「そういう話をしてるんじゃ……いやまあ、いくらでも待つけどさ」

言いながら優希は再び洗面所の景色に目を向ける。何か違和感を感じたのだ。

普通ならあるはずの何かがない、そんな類いの違和感。

けれどさやかはそんなことはつゆしらず、優希の返答にたじろいでみせる。

「そ、そうですか。……ところで、その辺にサングラス落ちてません？

私の手の届く範囲にないみたいで」

「ん、ああ、あるよ。はい」

違和感の正体を探るのを諦め、奥まで転がっていたサングラスを拾い上げる。床をペタペタと手触りで捜索していたさやかに渡し、さやかが転ばないようにしっかりとドアを閉じた。

「それで、脱水の原因はこの先《リビング》にあるの？」

「ええ。というかもう見ませんでした？」

さやかの問いに優希はいいやと答える。

「水のことしか頭になかったし、なにより真っ暗だったからさ。ちゃんと見たのは冷蔵庫の中身くらいじゃないかな」

「そうでしたか。じゃあいま明かり点《つ》けますね」

リビングに入ったさやかは壁をペタペタと触り、パネルを押した。

そうして明らかになった眼前の光景に、優希は言葉を失う。

「…………し、修羅場？」

ようやく絞り出せたのは、そんな言葉だった。

そこにあったのは、真ん中に少し大きめの机が一つと座布団が敷いてあるだけの、女子の部屋というよりビジネスホテルのような趣《おもむき》の空間。その床一面に、何枚もの紙がぶちまけられている。ダンボールで目張りされた窓といい、ぱっと見では完全に事件現場だった。

「これはいったい……」

優希は床に散乱している紙の一枚を拾い上げ、裏をめくってみて瞠目《どうもく》する。

そこにあったのは、線にもならない線の集合体。震えるような筆跡で、辿々《たどたど》しく結ばれた人体のアタリ図。ほとんど無意識に他の紙を手に取る。

そうして叫び出しそうになるのを必死で抑えた。

ほぼ白紙だったり、ポージングの模索なのかクロッキーのように紙面を埋め尽くすほど人体が描かれていたり、途中で自棄《やけ》になったのかぐちゃぐちゃに掻《か》き消されていたり、描かれているモノは百紙百様。

それでもやはり割合的にデッサンスケッチが多いだろうか。まるで殴りつけるような／何かを壊そうと抉《えぐ》るような／どうにか見出《みいだ》そうと彷徨《さまよ》うような／それぞれの紙に、その時のさやかの懊悩《おうのう》がそのまま出力されていて。

床に散らばるすべてが、さやかの努力の跡だった。

努力の跡がすべて、地べたで無惨に散り果てていた。


「いったい、いつから」

無数の屍体《ラクガキ》を前に固まる優希の背後で、さやかは淡々と答える。

「金曜日にゆうきくんとのデッサンが終わって帰宅してからです」

「じゃあ……」

「さっきチャイムが鳴った瞬間《とき》まで、ですよ」

流れるような返答にすべてが腑《ふ》に落ちて、ああ、と細く喉が鳴る。

声にすらならなかった。

「ばかだろ」

「ばかですよ。ばかだからどんなに描いてみても、上手くイメージできないんです。人ってどんな顔してたっけ、って」

振り返る優希に、さやかは罪を懺悔《ざんげ》するように呟く。

「デッサンの時は写経のような意識でただ描き写すだけで済んでたんです。でも、いざラフを切ろうとするとダメなんです。私の中からは……良くて精巧な模型か新鮮な死体しか出てこない」

模型か死体。さやかが描かなければならないのは生きた人物。

「だから、ずっと頑張ったんですけど、ダメでした。迷惑かけないようにって思って頑張ったのに、結局迷惑かけちゃってるんですから本末転倒ですよね」

「迷惑って、なにが」

「だって一週間以上付き合わせておきながら、ラフも描けませんでしたなんて、付き合わされた方は迷惑千万じゃないですか」

いっそ痛々しいほどの明るさでそんなことをこぼす。

「一年以上、人物画《これ》を描くためだけにやってきたんです。ここまで来たらこの復讐を最後までやり遂げたい……ううん、やり遂げなきゃいけないんです」

健気《けなげ》な独白は針を吐きこぼしているようだった。何かを己に縫い止めるための針。

血塗《ちまみ》れの喉から溢れ出たそれは、聞いている者の心をも刺す。

そうして心を刺された優希の出した回答《こうどう》は——

「先に謝っておく。ごめん」

二秒ほど力を溜《た》めた中指を真っ白なおでこに射出する、というものだった。骨と爪先のぶつかる、ぱちっという音が静かな部屋に鳴り響き、絶叫があがった。

「いたぁっ⁉　え、なん、いた、なにが」

さやかがおでこを押さえ、困惑の極みに陥る。

目の見えない中で突如として衝撃に見舞われたのだから、当然の反応だった。

「僕がデコピンした。思いっきり、容赦加減なく」

「は……急になんなんですか！　人の頭に穴開けるつもりですか！」

そのまま脳みそこぼれちゃったらどうするんですか！」

「こぼせばいい。そんなばかな脳みそ全部流して、代わりに絵の具でも詰めろ」

「な……いまばかって言いました⁉　言いましたよね⁉」

「さっきも言ったし自分でも認めてただろ！　怒るところそこかよ！」

謎の天井に面食らいながら、それでも優希は語気を緩めない。

「そうだよ、ばかだよ。さやかはばかだし……僕もばかだ」

己に対する悔やみ、怒りで臓腑を焼きながら、自らの落ち度を口にする。

「さやかの覚悟に、本気に、僕は気づけなかった。

軽い気持ちでデッサンが続けられなくなるなんて言って、さやかを死なせかけた」

「死なせかけたってそんな、言い過ぎですよ。

私が自分でやったことなんですから――」

「言い過ぎなわけあるか！　もっと自分を大事にしろよ！」

本気の怒号だった。さやかがびくりと身をすくめる。

「悪い、今のは言い過ぎた」

優希は謝罪した上で、言葉を続ける。

「さやかをここまで動かすのが、どんな感情かなんて知らないよ。経緯も、重みも、痛みだってわからない。でも、想いの強さだけはわかる。伝わってくる。床に散らばるこれらを見たら、イヤでも」

いうなればこれは、瞳を通《とお》して感情を通《つう》じ合えなかった二人のコミュニケーションエラー。長く心を閉じてしまったことの、真なる弊害だった。

それでも無数のラクガキから感じる。聴こえる。見える。

だから、その想いに応えたいと、いま、思った。

「……さやか。今日何か予定ある？」

唐突な優希の問いに、さやかはきょとんと首をかしげる。

「何もないですけど……」

「わかった。じゃあ今から出かけるから準備してくれ。徒歩で行ける距離だし、お金の面とかは心配しないで。必要になっても全部僕が出す」

「えっ、今から？　どこに？」

しごく当然の問いに、優希はその手に触れて言う。

「さやかが絵を描けるようになるための場所だよ」

《7》

外に出る服がないから、と制服に着替えたさやかを連れ出して十五分ほど。

「それで、どこなんですか。私が絵を描けるようになる場所っていうのは？」

傾き始めた陽の中、サングラスをかけ、歩行補助の杖《つえ》を持った女子高生《さやか》が右肘を摑みながら下る坂道で問いを飛ばしてくる。傍目《はため》にはなかなかエキセントリックな光景になっているのだろうな、と思いながら優希は言葉を返す。

「絵を描けるようになる場所、じゃなくて絵を描けるようになるための場所ね。行くだけで絵が描けるようになるわけじゃないからそこは勘違いしないように……と、着いた。入るよ」

今日のおすすめメニューがチョークで書かれた置き看板の横をすり抜け、左手でノブを引っ張れば、からんからん、と軽い鈴の音が鳴った。

「はい、いらっしゃい」

中に入れば、弛《ゆる》やかな旋律のバラードが流れる落ち着いた雰囲気と色合いの空間に出迎えられる。そのカウンター内で真っ白な磁器の手入れをしていた禿頭《とくとう》の男性が顔を上げた。

「お久しぶりです、鶴丸《つるまる》さん」

優希の久しぶり、という言葉に禿頭の男性は怪訝《けげん》に眉をひそめる。が、その直後、ぎょっとしたような顔で目を見開き、「……もしかして、佐原くん？」

「はい、個展以来ですね。お変わりなさそうで何よりです」

丁寧にお辞儀する優希に、鶴丸と呼ばれた男性は禿頭の後頭部を撫《な》でながら、先ほどとは一転して明るい声をあげる。

「わはあ、本当に久しぶりだねえ。あれ、というかそれ日ノ高の制服じゃないの。もう戻ってきたの？」

「あー、いや、行ったのは父だけですね」

「そうだったのか。仁《じん》さんは元気か？」

「……元気なんじゃないですかね。よくわからないですけど」

「わはは、まあよろしく伝えといてくれよ。それで今日はどうしたんだ？」

こちらに事情があることを察しており、鶴丸は本題を促してくる。

「今日は彼女——美澄さんに鶴丸さんの絵を見せたくて来たんです。急ですみません」

「そんなの全然！　それよか、え、なに、制服デート？　いいねえ、青春だねえ！」

「それがあいにくデートじゃないんですよ」

「でも、いま彼女って言ったよね？」

「ただの三人称です。間違っても関係性を表す単語じゃないので、悪《あ》しからず」

「わはは。ま、そういうことにしておこうじゃないの」

鶴丸はいやに沁《し》み入った声をあげて二人を見る。それから、じっと黙っているさやかの方を一瞬見やると、言った。

「絵の方は好きにしてくれて構わないから、彼女が鑑賞しやすいようにしてあげなさいね」

「えっ？」

「人によって表現の仕方が違うように、捉え方やその手段だって違うだろう。なら、彼女のやりやすいようにしてあげるのが一番だ」

柔らかくも芯の通った声に、優希は笑みを返す。

「彼女は訳あって人前で目を開けられないので、僕たち以外入れないようにしてもらえれば、それで大丈夫ですよ」

優希の返答に、鶴丸は後頭部をぺちりと叩いてはっはと笑い声をあげた。

「それくらいならお安い御用だ。虫っこ一匹だって入れさせんから、好きなだけ鑑賞していきなさい。幸い、いまは誰も使っていないしすぐ入れるよ」

「ありがとうございます。それじゃ行こう、さやか」

優希はさやかの手を取り、入り口すぐ横の階段を上っていく。

「なにもわからなかったんですけど……つまり、なにがどうなったんですか」

「ごめん、置いてけぼりだったよね。僕たちが今いるのは『Crane《クレーン》』っていうカフェで、マスターの鶴丸さんが僕の知り合いなんだ。

見た目はベトナムの高僧がカフェのマスターの格好《コスプレ》したらこうなる、って感じ。ただ中身は煩悩まみれで特に若者の恋愛話が大好き。ジジイって言ってたけど歳《とし》はまだ還暦は迎えてないはず。っと、あと二段、転ばないようにね」

階段を上り終えたさやかは導かれるまま、優希についていく。

ドアを開ける音がして、そのまま中に入れられる。ドアが閉じると、バラードも聞こえなくなった。ガチャリと鍵を閉める音で、いよいよ外界と隔絶される。

「よし、早速始めようか。アイマスク貸してもらえる？」

促されるに任せてアイマスクを渡してから、はたと気づいた。

「ここでデッサンするんですか？」

「しないしない。絵を見るんだよ」

「絵……？　あの、ここには何があるんですか」

「そっか、その説明もしなきゃか。二階《ここ》はギャラリースペースになってるんだよ」

「ギャラリースペース？」

「絵を展示する空間のこと。貸し出しもやってて、誰も借りてない期間は鶴丸さん自身の絵を飾ってる。いわばここは展示会のできるカフェなんだ」

「はあ」

そんなところがあるのかと、さやかは素直に感心する。

「僕がさやかをここに連れてきた理由は二つあってね。一つがこのギャラリースペースの〝絵との対話〟っていうコンセプト。さやかが人前で目を開けられないのもあるけど、他者を顧みることなくただ絵に没頭してほしい、という理由から一度の入場は二人以下限定になってる」

「ああ、だからさっき私たち以外をいれないようにって」

「そういうこと。そして絵に没頭してもらうため、外からの情報を遮断するべく防音仕様だし、窓や鏡もない。とにかくさやかが目を開けられる場所なんだよ」

私が目を開けられる場所、とさやかは優希の言葉を反芻するように呟く。その間に、わずかな衣擦《きぬず》れと、椅子のきしむ音がした。

「もうアイマスクつけたから、いつでも目開けていいよ」

言われるがままサングラスを外し、ゆっくりと目を開ける。照明の光量に目を細めつつ、わずかなラグの後に視界が段々と慣れてきて、ふと目前のモノに気づく。

「……すごい」

そこにあるのは六号ほどの、カブトムシを手に持って笑う少年の絵だった。

溢れんばかりの笑顔と浮かべるピースの快感情。カブトムシと青々茂る草木の生命力。汗で張り付くシャツやこもれ日の臨場感。そのすべてが、白と黒のみで表現されていた。

「モノクロっていうんですよね、こういうの」

「そうだよ。元は単一色で表現された作品に使われた言葉だけど、いまは白黒の絵ばかりそう呼ばれてる。これは鉛筆画のモノクロ。いってみればラフの究極系だ」

「すごいですね」

「そう、すごいんだ。そして鶴丸さんはこういうモノクロの人物画しか描かない。なんでだと思う?」

「……えっと、そういう絵が好きだから?」

戸惑いつつも出した答えに、ふふと笑む気配がした。

「正解」

「えっ」

あっけにとられるさやかに優希は言葉を続ける。

「鶴丸さんはいわゆる色覚障害ってやつでね、見えている世界が僕らと違うんだ。一型二色覚っていう、一般的に赤色が見えにくいタイプらしい。

『血潮と泥水の見分けさえつかず、自分の中に流れるものが綺麗なのか汚いのかもわからない。なら、そこにあるものをあるがまま描くしかないだろう』――ベロベロに酔っぱらってる時で言い方はもっと汚かったけど、鶴丸さんが話してくれた中で僕がずっと覚えてるのがその言葉なんだ」

「あるものを、あるがまま……」

思わずなぞった呟きに、背後の優希がうんとうなずく。

「僕がさやかをここに連れてきたもう一つの理由がそれなんだ。さやかは描き写すだけじゃ、自分の中からは模型か死体しか出てこないって言っただろ。でも、鶴丸さんはすべてを描き写すことでそこにあるものを余すことなく表現している。じゃあ二人にどんな違いがあるのか、見比べたら何か答えが出せるんじゃないか、って思ったんだ」

それに、と優希は誇らしげな口調で言う。

「鶴丸さんは日本でも本当に数少ない、絵だけで食べられてる画家なんだよ。なんせカフェの維持費を絵の売り上げで半分以上賄《まかな》ってるんだ」

「すごいですけど、カフェの方は振るってないんですね……」

「本人は静かな方が好きだし、満足してると思うよ」

完全に趣味だって言ってたしね、とカフェについての説明は結ばれた。

「それじゃ、そろそろ見ていこうか。僕が見た後にさやかが見て感想を交わす、っていうのを一枚ずつやろうと思うんだけど、どう？　ちょっとめんどくさいけど」

「それで良いと思います。やりましょう」

それからさやかと優希は画家・鶴丸浩長《つるまるひろなが》のさまざまな絵を見た。

たとえばカブトムシを手に持って笑う少年の絵。

「良い笑顔ですね。こっちまで笑顔になります」

「興奮と暑気による頬の赤みまで表現されてるのすごいよね」

「私もこれ試したいです。今度のデッサン、校庭十周走ってからにしませんか？」

「しないよ？　どんな無茶ぶり？」

たとえばシロツメクサの冠を戴《いただ》いて踊る少女の絵。

「女の子が憧れるシチュエーションですね、これは」

「原風景だよな。夏だったらひまわり畑に麦わら帽子のやつ」

「でもひまわり畑ってちっちゃい虫がワンピースにくっついて気持ち悪いんですよね」

「男子の夢を壊すなよ」

たとえば真っ白なゲレンデに寝そべる少女たちの絵。

「スキー場のコマーシャルに使えそうな絵ですね」

「それよりもトラベル系じゃない？　同性だけの気がねない旅行最高！　みたいな」

「残念ですけど、女子だけで気がねなく遊べるのは小学校低学年までなんですよ」

「知りたくない情報だったなそれ」

たとえば落ち葉の焚《た》き火《び》を前に肩を預け合う少年少女の絵。

「炎の照り返しが綺麗……。情景が色づいて見えるようです」

「一度はやってみたいよな。こんな感じで落ち葉を集めての焚き火とか」

「実際はそこまで上手く燃えませんよ。事後処理も大変ですし」

「さっきからちょいちょいイヤな豆知識が挟まれるのなに？」


優希とさやかがすべての絵を見終わった時には、すでに二時間が経っていた。

「また来てよ。今度は佐原くんの個展でも開いてさ」

「ええ、機会があれば」

「お嬢さんも、また来てね。コーヒー飲むだけでもいいからさ」

「はい。また」

笑顔の鶴丸に見送られて外に出れば、すっかり日は沈んでいた。

優希は建物の隙間から顔を覗かせる下弦《かげん》の月に肩をすくめる。

「時間使いすぎたな。もっと短く終わらせるつもりだったんだけど」

「短すぎるくらいでしたよ。できることなら鶴丸さんともお話ししたかったですし」

「めんどくさいぞ、あの人は」

ため息交じりの発言に、さやかがふふと笑いをこぼす。

会話はそれきりになり、どちらとも言葉を発さないまま、二人はしばし店の前で立ち尽くす。いたたまれず、先に沈黙を破ったのは優希だった。

「え、と。それで、この後どうする？」

「どうするって、何がですか」

「いや、帰るとか、そうじゃないとか……」

「とか？　とかって、具体的には何があるんです？　連れてきたのは優希くんなんですから、この後も優希くんが決めるのが筋だと思いますけど」

「その……んん」

もごもごと言葉にならない音を口の中で転がす優希に、突然さやかが音を立てて噴き出した。

「なんで急に笑う……？」

困惑する優希の前で、さやかは見られまいとするように顔を背ける。そうして縮こまる背中はくつくつと音を立てながら揺れている。まだ笑っているらしかった。

前にもこんな笑い方をされたな、と脳裏に遠くない記憶が過《よぎ》る。

「だって、あんまりにも面白いんですもの」

ふー、としゃっくりを抑えるように大きな息を吐いたさやかがようやく振り向く。

「絵のためなら引きこもりも強引に連れ出して饒舌《じょうぜつ》に語れるのに、終えた途端に生まれたての子鹿みたいになっちゃうんですよ？　これで笑うなっていう方が無理です」

声音だけは優しげに、けれど口元は相変わらず歪んだままで。

「素直に言ったらいいじゃないですか。『お話ししたいからどこか寄りませんか』って」

さやかのからかうような台詞に、優希は切実に本心を返す。

「そうしたいのはやまやまだけど、人混みには連れていきたくなかった。かといってこの辺で落ち着ける場所なんてない。なら、さやかの家に戻るのが一番だけど、家に上がり込むのもな……とか、色々考えてたんだよ」

「ああ、確かにゆうきくんからしたら然《しか》るべき配慮でしたね。それについてはすみませんでした」

さやかは頭を下げて謝意を見せた後で、パッと顔をあげた。

「でもそれなら、私の方からリクエストをしてもいいですか」

「リクエスト？」

優希が首をかしげれば、さやかは言葉の意味を告げる。

「連れていってほしい場所があるんです」

《8》

さやかに言われた場所の名前をマップアプリに打ち込んで、音声ガイドに案内されるまま住宅街を歩き、たどり着いたそれを優希は見上げ、呟く。

「山じゃん」

目の前にあるのは落ち葉に覆われた坂道と、鬱蒼《うっそう》とした雑木林が満たす小山だった。

「山じゃなくて公園ですって。その辺に標識があるはずでしょう」

首を巡らせれば、薙山《ていさん》公園と看板があった。やっぱり山だった。

「ていうか、ここ登るの？」

見上げた夜道は真っ暗で、所々に立てられた電灯が虫食いのように青白くそこだけを照らしている。人でも立っていたらそれだけで逃げ出す自信があった。

「こわいならおてて繋《つな》いであげましょうか？」

「流石にそこまではしなくていい！　大丈夫、登れるから。登るよ」

「あ、ホントに怖いんだ。ふふ、いつでも言ってくれていいですからね」

子どもをあやすような態度のさやかにからかわれながら、山へ繰り出す。

「……やっぱり手、繋ぎません？」「そっちも怖いんかよ」そんな会話をしながらも、住宅地の真ん中に佇むだけの小山なので二分とかからずに頂上へたどり着く。

頂上はなだらかな原っぱのようになっていた。舗装された外周にはわずか三本の電灯があるばかりで、原っぱの大部分は暗闇に閉ざされている。あまりの暗さに携帯端末を取り出してライトをつければ、原っぱの向こうに林が見えた。

「めちゃくちゃ暗いぞ……。新月の日とかほんとに何も見えないんじゃないか？」

「わざわざ口に出さないでくださいよ。こっちまで怖くなるじゃないですか」

「ずっと目つむってて変わらないだろ」「だから四六時中怖いですよ」「なんだそりゃ」

冗談にもならない冗談に言い合いをする気も失《う》せてしまう。

「それで、どこに行けばいい？」

「外周のどこかに林の奥へ入れる道があるので、そこまで行ってください」

追加の注文にがく然となりながらも、ここまで来たからにはと腹をくくって奥へ歩みを進めていけば、確かに林へ入っていく小道があった。『マムシ出没注意！』というヘビの描かれた看板が今はむしろ人間味を感じられてありがたい。息を呑んで小道を進み、ようやく出口が見えてきたところで、優希はさやかがここまで連れてきた意図に気づき、ライトを消した。

「う、わ……」

そうして林を抜けた先の景色に、思わず声がもれる。

落下防止の柵とベンチがあるばかりの小さな広場の向こう。

広い広い夜空の下には、なだらかな街の夜景が横たわっていた。

住宅街やマンションの煌々《こうこう》とした明かり。駅から続く大通りのショッピングモールや行き交う車の明かり。人々の営みがもたらすそれは、夜空から奪った星屑《ほしくず》をかわりとばかりに大地へばらまいたような、壮観な景色だった。

「その感じだと、ここの景色は変わってないみたいですね。良かったです」

どこか安堵したような声が隣から聞こえてくる。明かりのないこの場では手のひらのしわすら見えないのに、隣のさやかが『してやったり』と笑んでいるのがわかった。

「ここ、私のとっておきの場所なんです。

確かその辺にベンチが……良かった、まだある」

久方ぶりの来訪でも物の位置関係は記憶しているようで、さやかは杖でベンチをカンと鳴らしてから慣れた動作で座った。肘を取られているため、優希も自動的に隣に座ることになる。そうして改めて夜景を眺めて、ふと記憶にひっかかりを覚えた。

「この景色、見たことある気がする」

「え、連れてきたことありましたっけ」

「いや、ないと思う。なんというか、直接見たって感じじゃないんだ」

「じゃあネットニュースで紹介されてたのを見たとか？」

脳内の曖昧な画像を頼りに、記憶を手繰り寄せる。

そうして、唐突に思い出した。

「そうだ、絵だ」

口にしたことで、記憶が鮮明によみがえる。

「自分の一番好きな場所を描きましょうって課題で、さやかがこの景色を描いたんだ」

『ここはね、さらちゃんと冒険してるときに見つけたの！

何時間もかけて見つけたんだよ！』

高らかな笛の音のような、さやかの上機嫌な声を思い出す。

正直、小学生が描くにしては手に余る課題だった。それまで一つのモチーフを決めて描いていた子どもたちにとって、複数のものを、それも俯瞰して描くというのはあまりに毛色と難易度が違う。描ききれない子だっていた。優希もその一人だった。

けれど、さやかはそれを描いてみせた。

星屑のような街々の明かり、背景に溶ける山々に棚引く雲のシルエット。

広大な夜景の遠近感を上手く捉え、見る者を小山の広場へ没入させる絵だった。

光点の配置の細やかさや夜空の塗りも流麗で、先生も一番の評価をあげていた。

「懐かしいな。今度連れてったげるって満面の笑みで言ってたよな」

けれど、その翌週には、さやかが療養のために引っ越すことが決まって、結局ここに来ることはなかった。

「連れてきてくれてありがとう。これは良い景色だ」

図らずも叶った約束に礼を言えば、隣で押し黙ったままのさやかがぽつりとこぼす。

「……私の方こそ、ゆうきくんと一緒にこられてよかったです」

二人の間を緩やかな風が下っていく。秋の涼風だった。

「そういえばギャラリーの方はどうだった？　何か良い刺激は得られた？」

本題について訊《たず》ねれば、さやかはすんと鼻を鳴らしてまた押し黙る。

「正直に言うと、あの絵を見る一秒前まで、絵を見たからって何になるんだって思ってました」

ふいに放たれたその言葉に、優希は思わず息を呑む。

そこまでの本心が返ってくるとは思っていなかった。

対するさやかは口にした本心が呼び水になったようで、さらに言葉を重ねる。

「絵なんて画集とか資料集でいくらでも見られるし、絵を見るだけで何が変わるんだ、って文句を言いたくて仕方なかった。

でも、ゆうきくんのことを信じて目を開けてみたら——なんて言ったらいいかわからないですけど……とにかく心を動かされたんです。こんな気持ちいつぶりだろうって、思いました。もしかしたら初めてかもしれません。ゆうきくんが家《うち》まで来て、外に連れ出してくれなかったら、きっとこんな気持ちにはならなかった」

だからありがとうございます、とさやかは小さくお辞儀をする。

「そりゃあ良かった」

安堵して思わず見上げた夜空には秋の四辺形が瞬いていた。少ない星々と無数の街明かりに中《あ》てられて、本心が溶け出す。

「……ああ、安心した。

つまらなかったって言われたらどうしようってずっと思ってたんだ」

「そんなこと言うわけないじゃないですか。

ゆうきくんとなら、私はただの散歩だって楽しいですよ」

「僕も散歩なら大歓迎。ただ、頭ではわかってるけど気にしちゃうことだってあるでしょ。これで明日ラフが上がってこなかったらどうしよう、とかさ」

冗談めかした発言に、隣からはふふ、と笑い声が返る。

もう大丈夫だと思った。

きっと、さやかはラフを描ける。


けれど。

次の日の生徒指導室にあったのは、数枚の紙束だけだった。

◇◇◇

放課後の生徒指導室は真綿を詰め込んだような閉塞感で満たされている。

「ごめんなさい。やっぱり、描けませんでした」

頭を下げるさやかの向かい、優希の前には数枚の紙束が置かれていた。

そこに引かれているのは以前のような屍体《ラクガキ》とは違う、ずっと精緻で誠実な思いに導かれた、人のカタチを成した線。けれど、それが人のカタチをしていると理解できるのは肩上、正確には首までの話だった。

首から上は、まるで陽炎《かげろう》に溶けてしまったかのように線が歪んで途切れている。

「…………何が、いけなかったんだ？」

紙束を見下ろしたまま、胸中で幾度も浮かび上がった問いが積み重なって口を衝《つ》く。

「あの鑑賞には意味がなかったのか？

鶴丸さんの絵じゃ、さやかの心を動かすことはできなかったっていうのか？」

呻きにも似た自問に、けれど答えたのは優希自身ではなかった。

「ゆうきくんは悪くありません。もちろん、鶴丸さんも。

……すべて、私が悪いんです」

「慰めてくれるのはありがたいけど、さやかが悪いことなんて何も――」

「慰めじゃありません」

決然とした声に、優希は顔をあげる。

「ラフさえ描けない本当の理由は別にあるのに、私は模型か死体しか描けないだなんて言い訳をしたんです」

視界が揺れるのを感じた。目眩《めまい》ですらない、世界が丸ごとブレるような感覚。

「言い訳？ どういうことだ」

「言い訳、というのは言い過ぎですね。あれはあれで、私の本心です。

でも、もっと根本的で、致命的な問題があるんです」

「……なんだよ、それ」

優希の問いに、さやかは小さく息を吸い込んで事実を告げる。

「私が描かなければいけないのは、自分自身なんです」

《9》

告げられた真実に、優希は理解が及ばなかった。

「ラフが描けない理由が、自分自身だから……？」

「ゆうきくんなら今の言葉だけでわかってくれると思ったのに」

ともすれば、いますぐにも泣き出してしまいそうな微笑みに胸を衝かれる。

「……ごめん」

「そこは『今のじゃ無理だろ』って突っ込むところですよ。それはさておき、わかるように説明をしなきゃですね。……昨日、私が転んだことは覚えてますか」

さやかの問いに、優希は思い出すまでもなく答える。

「洗面所で派手にすっ転んでサングラスふっ飛ばした時のことか」

「ヤな言い方しますね……でもそうです。その時、何か違和感を感じませんでしたか？」

問いに呼応して、記憶を巡らしたところですぐに思い当たる。

「感じたよ。感じたけど、何かまではわからなかった」

「鏡ですよ」

「鏡？」

「はい。あそこには――いえ、私の住んでる部屋には鏡が置いてないんです。入居時にすべて撤去してもらいました」

「はあ。徹底してるんだ……な？」

言われて思い返してみて、確かに鏡がなかったと納得するのと同時、疑問が出る。

――どうして、鏡がないんだ？

最初、優希は他者を映すものを排除した結果なのだと思った。けれど、よく考えてみれば鏡を撤去する意味はない。他人が家にいない時は鏡に誰かが映ることもないし、他人が来た時は目をつむっていれば良い。実際、優希が来た時もさやかは目をつむって応対した。

撤去する必要はない。なのに鏡は家にない。それなら、なぜ。

理由を考えて、そこにたどり着くまで時間はかからなかった。

「……うそだろ」

そんなことがあっていいのか。いいわけがない。けれど言い訳のないほどに、目の前にあるのは真実だった。

「さやかは、自分自身も見られないのか……？」

優希のこぼした答えに、さやかは淡く水彩花の微笑みを咲かせる。

その微笑みは安堵からくるものだと、優希は気づく。

自分の罪をようやく誰かにさらけ出せたという、そんな笑み。

「正確には、私が本来見られないのは自分自身なんです。

他者を見られないのは、それが最も恐れた自分自身《モノ》の空似だからだそうですよ」

微笑みを伴ったまま、どこか他人事《ひとごと》のような口調でさやかが言う。

信じがたい。信じられない。けれど、理屈で考えれば理解できる話だった。

人間不信に陥ってしまった人はそろって人間自体に恐怖する。本当に恐れるべきは人間不信に陥れた相手ただ一人だというのに。なぜならそれは第三者にも恐怖の対象を見出してしまうから。さやかの場合はその恐怖の対象が自分自身だった。ただそれだけの、最悪な話だ。

「なんだよ、それ」

無貌の君。いつだか木谷がそう表現していたのを思い出す。心因性行動障害。誰かを見られなくなるほどの、否、自分を見られなくなるほどの何か。それが目前の少女にもたらされてしまったという事実が少年《ゆうき》の胸を衝き、嘆きとなってこぼれる。

「自分すら見られないなんて、何があったっていうんだよ」

果たして――その嘆きは少女の心の扉を叩いた。

「……私は、大切な人に嘘を吐《つ》いたんです」

ささやくような声に、優希は顔をあげる。

それは在りし日の独白だった。

◇◇◇

「きれいな庭のある療養施設でした。そこは重い病気を持った子どもたちが集められていて、いつもどこか張り詰めたような、何かが膨張しきったような雰囲気がありました。その空気に塞ぎ込んでしまう子や、不透明な未来に泣き出してしまう子、閉塞的な環境に嫌気が差して暴れ出す子もいました。毎日ここに通うのかと思うと、私でも気が滅入《めい》りそうなくらい。

でも、その子は違いました。

辛《つら》い治療があるはずなのに笑顔を絶やさない。小さなことでも楽しんでしまえる。そしてどんな子ともあっという間に打ち解けて、その場の空気を変えてしまう。

その子に、私は毎日会いにいきました。そうしてお日様の射《さ》す温室で、花に囲まれながら絵を描くんです。治療の影響で手が使えないから、その子の描きたいものを代わりに描いていました。私が絵を描いている間、その子は話をするんです。育てている花がつぼみをつけたとか。もうすぐ大きな手術を受ける子がいるからみんなで千羽鶴を折ることになったとか。いつも先の、明るい未来のことを話していました。

でも、段々とベッドに入っている時間が長くなって、逆に話すことは少なくなっていきました。笑顔も減って、すぐに疲れたとぼやくようになった。

それでも、病気に対する弱音は一切吐かないんです。誰かに当たるようなことも、泣くこともなかった。私なんて、顔見知りの子にすれ違いざま『あなたは元気そうでいいね』なんて言われただけで泣いてしまったくらいなのに。

私はその子の元に通い続けました。描いてほしいものがある限りは、ずっと通うつもりでした。私なんかの描く絵で生きる気力がわずかでも湧くなら、いくらでも描きたかった。

でも、その子がいよいよベッドから起き上がれなくなった時に、言われたんです。

『私の絵を描いてほしい』って。

自分はもうこんなになっちゃったから、代わりに笑顔の私を見たいんだ、って。

最初、私は断りました。へたくそで、とてもじゃないけど見せられるようなものは描けないからって。でも、最後のお願いだからなんて言われたら、断り切れなかった。

けど、やっぱり描けなかった。

大切な人がもうすぐいなくなろうとしているのに、笑うことなんてできなかったんです。

次の日、やっぱり描けないと断るために、その子の病室に行きました。でも、真っ先に進捗を聞いてくる彼女の声が、いつもより少しだけ、上ずっていて、楽しそうで。

――『良い感じだよ』って、私は嘘を吐きました。

それからも『筆がのらなくて』、『難航してて』、なんて先延ばしにして。

最低なことをしているという罪悪感と、今のうちからでも描かなきゃという義務感と、それでも描けない焦燥感で、おかしくなりそうでした。

ご飯も喉を通らなくなった私は、すぐに体力の限界がきて倒れました。

毎日欠かさず通っていたその子の病室にも、その日だけは行けなかった。

次の日にはなんとか体調を戻して、その子の病室に行きました。

そうして嘘の進捗を告げようとしたら、言われたんです。

『ごめんね』って。

これまでずっと目をつむっていたのに、少しだけこっちを見て。

でも、それ以降はまた目を閉じて、何も言ってくれなかった。

その子が亡くなったのは、その晩のことでした。

……あとはお察しの通りです。約束は呪いとなって、罪悪感で鏡を見られなくなり、他人の目にも自分が映っていると思ったら、目も開けられなくなっていました」

「……それから、どうしてその絵を描こうと？」

やっとのことで絞り出した優希の声に、さやかは世間話でもするような軽さであぁ、と返す。

「引きこもっている時に、その子の日記を見つけたんです。そこには療養施設に来る前の出来事や約束、将来のやりたいことが書いてありました。日記の中ですら彼女は楽しそうで、日記を読んでいる間だけ、私は笑えていたと思います。そうして懐かしみながらめくっていった最後のページに、書いてあったんです。ほとんど消えそうな、震えた文字で『だいすき　ありがとう』って。それを見たら――」

さやかはそこで言葉を止めて、下を向く。優希の脳裏に真っ暗な部屋で日記を抱きしめて頽《くずお》れるように嗚咽《おえつ》するさやかの姿が浮かんだ、その時だった。

「――怒りが止まらなかった」

呼吸さえ忘れて見つめる視線の先で、さやかは紙束に載せた右手を握りしめる。

「誰にも届かない許しを願って、涙も声も枯れるほどに泣き尽くしたら、後には怒りが残るだけだった。何もできない自分も彼女のいない世界も、全部丸ごと焼き払いたかった。でもそんなことはできっこない。だから決めたんです。私は私のために、私の絵を完成させるんだって」

「私のため……？」

妙な言い回しに目を眇《すが》めれば、さやかは冷えきった口調で続ける。

「ただ自分自身への罰として絵を完成させるってことです。果たせなかった約束を果たすなんて言い訳はいらない。これは弱い私を殺すための、私だけの復讐だから」

いっそ透徹として落ち着き払ったその佇まいは、そのままさやかが抱き続けてきた思いの強さの証《あかし》だった。優希はたった二週間弱なのにずっと昔に感じられる、さやかの誘いの文句を思い出す。

――単純なことですよ。これが、私の復讐だからです
――これが、って……絵を描くことが？

――完成させることが、です。そのためだけに、私はここまできました
「でもダメでした。だから、これで終わりです。本当にすみません。私の都合で振り回してばかりになっちゃいましたね。お詫《わ》びに、私にできることであればですけど、なんでもやりますすよ。あるいは私にやりたいことがあれば受け入れますし」

何かありますか、と小さく、声が聞こえた。

《10》

しばらくの間、目の前の少年は無言だった。少女はこのまま何も言わずに少年が立ち去ることとさえ想像していたが、そうはならなかった。

「本当に、なんでもいいんだな？」

満を持して発された低い声に少女はええ、とうなずく。次の瞬間、殴り飛ばされても声一つもらすつもりはなかった。ともすれば、そうされることを望んですらいた。

「じゃあ、一時間くれ」

「……え？」

予想だにしていなかった要望に少女は思わず声をもらす。が、少年は何も返してくれず、代わりにガサゴソと何かを取り出そうとする音だけが聞こえてきた。

「あの、ゆうきくん？　一時間っていったいなにを」

「集中するから静かにしてて」

ぴしゃりと会話を閉ざされ、少女は大人しく黙り込む。なんなの、と内心で憤ったところで聞こえてきた音に一切の感情を吹き飛ばされた。

それは時に鋭く、切り裂くような。時に優しく、撫でさするような。

小さく、けれど不思議と耳に残る心地よい音。

少女はそれらを知っている。

……黒鉛《えんぴつ》が紙に削れていく音。

こんなにも多様な、されどたったひとつの音が間断なく部屋の中に響く。待っている側ってこんな気持ちだったんだ、と少女は少年の気持ちを知りながら終わりを待つ。

そして、唐突にその時は来た。机に鉛筆の置かれるパチンという音。

「おぇ……ごほっ、かはっ！」

「!?」

ほぼ同時に、激しい咳き込みが聞こえてきてさやかは面食らう。

「あの、大丈夫ですか？」

「だいじょうぶ、ひさびさだっただけで……げほっ！」

あまり大丈夫ではなさそうだったが、今のえずきで無理やり抑えたらしい。

向かいの椅子の擦れる音がして、荒い息が真横まで来た。と思ったら、目の前にトスンと何かが置かれて、荒い息はすぐ元の場所に戻った。

「目、閉じてるから。それ見て」

言われるまでもなく、少女は確かめるつもりだった。何を描いたのだろう、と。

一つ深呼吸をして、うつむき、ゆっくりと目を開ける。

そこにあったのは開かれた一冊の学習ノート。少年が普段使いしているのを使ったのだろう。そこに描かれたものを見て、少女の時が止まった。

「……なんですか、これ」

そこに描かれていたのは佇む誰かの横顔。見覚えがある、けれど、見たことのない。

「君を描いたんだ。やっぱり横顔じゃわからなかったかな」

違ってくれと願って、けれど予想通りの返答に少女は思わずはっと笑い声をもらす。

「私、こんなんじゃないですよ。こんなに綺麗じゃないです。

いくら絵だからって美化しすぎじゃないですか」

もう一度絵を見て、やはり思う。今の自分がこんなのであるはずがない。編集ソフトの加工ですらこうはならないだろう。だというのに少年は首をかしげて、

「なんでそんな断言できるんだ？　自分のこと一年も見たことがないのに」

瞳の奥で、どこか遠くの火山が噴火した。

その灼熱《しやくねつ》は少女を立ち上がらせ、言葉を溶岩流《マグマ》として迸《ほとばし》らせた。

「見たことがないからですよ！　自分の顔も見られない女がどうして綺麗になれるんですか⁉　お化粧だってできない！　睡眠も食事もなげうって絵を描いている！　そんな女が、醜くないわけないじゃないですかっ！」

最後はほとんど涙声で震えていた。自分で言っておいて、本当にひどいなと思う。

きっと頬はこけて、肌なんか目も当てられないほどに荒れている。おまけに引きこもって日に当たらず運動もしていないから死体みたいな色をしているだろう。そうなることを承知で、むしろそうなることすら罰だと選んだはずだった。なのに、こんな気持ちになっている自分がイヤでたまらなかった。何より、それを彼に対してぶつけてしまっていることが。

きっと罵声が返ってくる。そう思ったけれど、返ったのは予期せぬ言葉だった。

「『絵とは作者の世界を切り取ったものである』」

祈るように組んだ手を額に押し当て、下を向いたままの少年が淡々と言う。

「これは簡単に言えば『はたから見たらどんなに意味不明な絵だとしても、描いた本人の世界にはそれがある』――そういった言説だ。つまり、」

少年の肩が動き、腕が伸び、拳から突き出された指がノートの人物に向けられる。

「僕から見た君はそれなんだ。弱い自分を超えようとあがく姿が、僕の瞳にはどうしようもなく魅力的に映った。ただそれだけの話だ。それに正直なことを言うと、僕は美容に関してはよくわからない。だから、今のさやかもすごくきれいに見える」

なんてことのないように放たれた言葉が、やはり少女には理解できなかった。

だというのに、どうしてこんなにも心は揺れ動くのか。たまらず壁に背をつき、己の身体を抱きしめたまま、ずるずると崩れ落ちる。

「わけわかんないですよ。なんで、なんでそんなふうに見てくれるんですか。こんな……どうしようもない人間なのに」


すすり泣く声にまぶたを開ければ、さやかは壁際でうずくまっていた。迷子の子どもみたいに膝を抱えて泣いているその姿はきっと、一年前のままで。

なんと声をかければ良いか考え、本心と己の羞恥心を天秤《てんびん》にかけようとして、優希はその行為自体が恥だと思い直した。さやかの前まで歩いていき、膝をつく。そうして膝を抱える手に触れる。びくりとさやかの身体が強張《こわば》るが、振り払われることはなかった。

その手を自分の両手で包み、胸の奥底に秘めていた想いを吐露する。

「さやかは、僕の〝推し〟なんだよ」

「……なんですか、それ」

泣く声は止まってくれたが、返る声は想定より冷たかった。けれど優希は穏やかに答える。

「自分の人生をかけて追いたくなる、その活躍を見たいと思える人ってこと。僕の抱いてる感情を言葉にするなら、これしかないって思ったんだ」

さやかの吐露してくれた思いに応えるように、誠実に言葉を紡ぐ。

「僕は君の、大事なもののためならすべてを懸ける姿勢にどうしようもなく惹かれた。何があったのかはわからなかったけど、そうして頑張ってる姿が、そこから描かれる絵が見たかった。そういう意味で、さやかは僕の推しなんだ」

狂気的ですらある取り組み方に動揺しなかったといえば嘘になる。それでも、否、だからこそ心を動かされた。彼女の絵を見たいと切望した。

「ただ、無理をしてるなら話は別だ。推しにはずっと元気でいてほしい。推しを持つ人間なら、十人中十一人がそう思うだろう」

「……一人増えてますけど」「僕も入ってるからね」

元気を出してもらうための冗談だったが、すんと鼻を鳴らされただけだった。

それでも構わずまくしたてる。

「僕は誰であろうと『無理をせず、元気でいるためならあらゆる無理を通すべき』とも思っている。これは実体験の自戒も兼ねてるんだけどね。だから――」

包む手に力を込めて言う。

「自分自身なんて描かなくていい」

固まるさやかに対し、優希は畳みかける。

「さやかの嘘が良かったとか悪かったとか、そんなこと僕にはわからない。ただ、さやかは自分のために絵を描くと言った。だから僕も自分のために言うよ。僕が、君の苦しむ姿を見たくないから言う。描けないものは描かなくていい。いや、描かない方が良いんだ」

さやかが優希の手を握りしめる。その爪が優希の手に食い込み、血がにじみ出す。

「……ふざけないで。そんな理由でやめられるわけない」

私がどれだけのものを犠牲にしてきたと思ってるんですか」

「二度と描くなって言ってるわけじゃない。いま描けないなら描くなって言ってるだけだ。描けるようになるまで描きたいものを描いて、描けるかもって思った時にまた挑戦すればいい」

「そんなの逃げじゃないですか！」

叫ぶさやかに、優希は断言する。

「そうだ」

「逃げるんだ。いつか描くために」

その言葉に緩んだ手を、逃がすまいと強く握り返す。

血が一雫《ひとしずく》、滴った。

「いろんなものを見て、楽しんで、悲しんで、笑って、泣いて。そうして経験したこと全部使って絵を描くんだ。自分の世界《絵》を描くのに無駄なことなんて何ひとつない」

　いつかたどり着くため、すべてを犠牲にするのではなく、すべてを使うのだと。

「だから今は逃げろ。逃げて逃げて逃げまくれ。どれだけ時間がかかってもいい。誰に縋ってもいい。きちんと態勢を立て直して、万全の準備を整えろ。そうして初めてリベンジするんだ。感情のまま一人で走り出したんじゃ、敵《かな》うものも敵わない」

　揺れる心から打ちこぼれた水が、さやかのまぶたの端から止めどなく流れ出ていた。もう手を離してくれと言わんばかりに、駄々をこねるように首を振る。

「無理ですよ……今さら。そんなの、できっこないです」

「無理じゃない」

「無理ですよ！　こんな嘘つきが、誰を頼って、どう立ち直れって言うんですか！」

「僕が、いるだろうが！」

　肩を掴み、顔を上げさせる。閉じたまぶたからは涙が溢れ、鼻水と唾液も相まって顔中ぐしょぐしょだった。表情なんてわからない。それでもきれいだと思った。

「君が描いた絵を見るためなら、なんだってやってやる。

　君の描いた絵が見られるなら、一生涯だってかけられる」

　ありったけの想いを込めて、口にする。

「だから、僕のために絵を描いてくれ。……それが、僕のお願いだ」

うつむいたさやかから返る言葉はなく、またすすり泣く声もしなかった。

それでも確かに、きゅっと手が握られて。

「……本当に、私でいいんですか」

どこか拗《す》ねたような、それでいて期待を含んだような響きに、優希は思わず口端をあげる。

「いいって言ってる。というか君じゃなきゃダメだ」

ぎゅっと、握る力が強くなる。

「私、わがままだし、めんどくさがりだし、ずぼらだし、たくさん迷惑かけますよ」

「迷惑なんて初日からかけられっぱなしだ」

わずかに力が弱まる。

「それは……ごめんなさい」

「いいよ。その代わり、お願いを叶《かな》えてもらうから」

弱まった力が再び強まり、握る手を支点に一人の少女の面《おもて》があがる。

夕焼けで満ちる部屋の中、泣《な》き止《や》んだばかりの赤く腫れぼったい目尻を下げて、

「はい、必ず」

それはきっと、等身大の少女然とした笑い方だった。

◇◇◇

二週間後。

「ホントにできたの？　嘘じゃなくて？」

暗闇の中、今日何度目かの問いをすれば、ガリガリと何かが床を擦るような音に混じって「もうっ」と今日何度目かの呆れた声がする。

「できましたってば。それはもう、寝る間も惜しんで描いたんですから、ねっ！」

「無理はするなって言ってるのに」

「してないですよ、楽しくて夢中だったんです。

あの日から、楽しんでいいんだって、気づけましたから。っと」

「……ならいいけど」

優希の呟きは、ゴトンと大きな何かの置かれる音でかき消された。

「はい！　というわけで、準備できました。もうアイマスク取っていいですよ」

緊張で震えそうになる手で、むしり取るようにアイマスクを外す。ひとつ深呼吸をして、まぶたを開く。目の前にあったはずの長机も椅子も今は窓際に寄せられていて。そうして確保された空間の真ん中に、イーゼルに置かれた絵が鎮座していた。

「……これは」

見覚えのある風景。その中で長机に肘をついた男子生徒が目をつむり、イヤホンで何かに聴き入っている。

「何の絵だ？」

つい出た疑問に、ななめ後ろからため息が返った。優希に対してではない。じっと堪えていたものを吐き出させられたような、己に対する落胆のそれ。

「やっぱりわからないですよね……初めての人物画だから、とか言い訳でしかないですもんね」

「いや、これに関してはわからない僕が悪い！　ちょっと待って、すぐ気づくから！」

後に悔やむと書いて後悔と読む。言ってはいけないことを言ってしまったと慌てふためきながら遅すぎるリカバリーをするべく、優希は穴の開くほど絵を見つめる。が、答えを出す前に、さやかがぽつりと呟いた。

「ゆうきくんですよ」

「――――え」

振り向けば、目をつむったさやかがいじけたように指先で髪をいじっていた。

「描きたいものを描けって言ったのはゆうきくんでしょう？

だから、描いたんですよ。……言った本人は気づかなかったみたいですけど」

「なる、ほど」

言われてもう一度、絵を見てみる。なぜ気づかなかったのか。これは生徒指導室でさやかのイヤホンと音楽プレイヤーを借りてワルツを聴いていた時の絵だ。

何もない、退屈そうな空間で男子生徒が一人、音楽を聴いている。一見、何の変哲もない緩やかな時間を捉えただけのような。けれどそのイヤホンはピンク色。そして口元はどこか愉快そうに、耳元から流れる音楽に気分を浮かせられているようで。

「……良い絵だな」

しみじみと、そう思えた。

これはどういう絵なの？　何を聴いてるの？　そう、見た人が訊ねたくなるような、どこか物語性を感じさせる。そうして訊ねられたら、彼女は笑って答えるのだ。これはね――と、今までのことを。

とん、と音がしてそちらを見れば、隣にさやかが立っていた。

窓の向こう、どこか遠くを見通すように。

「私、ゆうきくんに言われた通りやってみようと思います。色んなものを見て、楽しんで、悲しんで、笑って、泣いて。そうして得たもの全部使って、いつか自分の絵を描きます。だから――」

ふと、さやかがこちらを向いた。

目をつむったまま、一歩踏み込んできて、

「ゆうきくんの描いた絵も、いつか見せてくださいね」

肩に手が置かれる。

息遣いも感じられるほどの、肌と肌が触れ合うその距離で。

まぶたが、開かれて――

「きちんと、この目で見ますから」

その日、見た瞳を生涯忘れることはない。

優希はそう誓った。

幕間

帰り道が、こんなにも軽く感じられたのはいつぶりだろうか。
夕闇に染まる空を背に、優希は荒れた庭を通り抜け、鼻歌交じりに玄関を開けた。後ろ手で鍵を閉め、脱いだ靴も揃《そろ》えずに一段飛ばしで二階の自室へと向かう。
カバンをベッドに放り投げるのと同時に、ポケットの携帯端末が震えた。見てみれば、相手の名前は『マホです』と表示されている。
マホです：『毎度ごめんなんだけど、明日の数Bの小テスト範囲でわからないところがあるから教えてください！（泣いている猫の顔のスタンプ）』
相変わらずの内容に小さく鼻を鳴らし、既読をつけて短く返信する。
佐原優希：『明日は数Bない』『ところで』
その先を送るべく、メッセージ入力欄の送信を示す紙飛行機のアイコンを押そうとして、静止する。ぎゅっと目をつむり、意を決して送信する。
佐原優希：『前に言ってた文化祭のポスター』『描こうと思うから、ラフ案見せて』
画面を落とし、ベッドに向かって放り投げる。布団に軟着陸する音を背中で聞きながら、鍵のかかった机の引き出しを開ける。そこにはスケッチブックと鉛筆、デッサン人形や幾何学模型がそのままの姿で持ち主の帰りを待っていた。

鉛筆を手に持って、軽くペン回しをしてみる。懐かしいとすら思わない、昨日まで触っていたようななじみ具合に思わず笑みが出てしまう。

「まぁ、まずはデッサンからだよな」

そうして、開いたスケッチブックに線を引こうとしたまさにその瞬間。

ガチャリ、と階下から音がした。

背筋が氷柱《つらら》でも差し込まれたように震えあがる。

鍵の回る、大きな音だった。しっかりと、確信を持って開けた、そんな音。

でも、それはありえない。だって、この家に戻ってくる人なんて、一人も。

証明、あるいは否定するべく、優希はゆっくりと部屋を出る。

階段を下り切って、玄関へ向かおうとしたところで内扉が見えた。

開かれたそこに、人が、立っている。

「ただいま、優希」

一年と半年。たったそれだけの期間のはずなのに、別人のようだった。

けれどその声を忘れるはずもなくて。

「……母、さん」

手の中からすり抜け落ちた鉛筆が、カラカラと床を転がっていった。

第二章 白紙のあなた

《1》

だから、私は目を見開いた。

◇◇◇

ドアの向こうから届く、はきはきとした女性の声を聴きながら、ふと横を見てみた。

清《さや》かな秋の空気で満ちる、少し古ぼけた廊下。人影は一つとして見えないけれど、すぐそこには無数の気配を感じる。まるで上演直前の、もうじき幕が上がる舞台上にいるような。

……大丈夫かな。

「お、緊張してるか？　今ならまだ戻れるぜ」

後ろ向きな思いは知らぬ間に吐息になっていたらしい。すぐ後ろから飛んできたそれは、まるでこちらの気持ちを見透かしたような物言い。だけど、事実としてその通りなのだから返せる言葉なんてない。それでも私は後ろを振り返り、笑みを浮かべる。

「なに言ってるんですか、木谷先生。私が戻る場所はここでしょう」

白衣に身を包んだ蓬髪《ほうはつ》の男性は呆《ほう》けた顔をして、それから心底楽しそうに笑む。

「そうだったなぁ」

ほぼ同時、女性の声でドアの向こうがにわかにざわつく。

『最後に一つ。みなさんに紹介しなければいけない人がいます』

ボルテージが上がっていくのをそのままに、声は続く。

『夏休み明けに転入してきて以来、諸事情により別室登校だったのですが、今日ようやく教室に来られました。それじゃあ入ってきて』

ドアの方に向き直ると、後ろからトンと背中を押された。その温かさに内心で感謝しつつ、自分の手でドアを開ける。が、思いのほか大きな音がして、目の前の空間は一瞬で静まり返った。

みんなが、こっちを見ていた。

無数の視線が身体を貫いてしまう寸前、とっさにノートの切れ端を思い浮かべる。

今も胸ポケットの中に忍ばせている、描いてもらった私の絵。

……大丈夫。

小さく息を吸い込み、教室内に踏み入っていき、壇上に立つ。

そうして、クラスメイトたちにむかって告げた。

「――――初めまして」

◇◇◇

昼休みのチャイムが鳴り響き、私は大きくため息を吐き出した。

ようやく一息つけるという安堵のそれ――ではない。

ついに昼休みがきてしまった、というあきらめに近い嘆息だった。

どうなることやらと顔をあげたその瞬間、ドンガラガッシャと椅子や机の動く音がして、またたくまに周囲をクラスメイトの女子たちに固められていた。そうして、私を取り囲んだ彼女たちは満面の笑みを浮かべ、口を揃えて言った。

「美澄さん、一緒にお昼たべよ！」


いつだって転入生は大変だ。

それが、通常登校に復帰した私の最初の感想だった。

朝から質問攻めに遭い、連絡先交換しようよとグループチャットに招待されれば友だちに追加されましたの通知とスタンプの嵐、嵐、嵐。休み時間の度に別クラスからも見物客が来て息つく間も無く、気づけば今もこうして机をくっつけ合わせて昼食を食べることになっている。

「ねえねえ、それはなに食べてるの？」

「これですか？　えーと、チーズクッペです」

「うへ～⁉　なにそれオシャレ～！」

パンの中身を答えるだけでも、感嘆と共に驚きと羨望の混じった眼差《まなざ》しを向けられる。けど、これに関してはブロックやゼリーの栄養調整食品では流石にまずいと思って登校前に寄った駅前のパン屋で適当に購入したものだった。

「やっぱ美人は食べるものから違うんだね～。アタシなんてこんな茶色いお弁当食べてるのにさ～」「でも杏《あんず》そういう弁当好きじゃん」「だいすきぃ～」

そんなやりとりをしながら、ハンバーグを幸せそうに食べる姿が微笑ましい。隣に座り、こちらを気にかけてくれる彼女は真中杏《まなかあんず》といい、バスケ部のマネージャーだそうだ。自分でプレイした方が結果を出せそうな体軀《たいく》と、同じくらい大きな笑みが素敵な子だ。

「美澄さん、今のところどんな感じ？　もう慣れそう？」

見れば、真中さんは次のおかずであるひじきの和《あ》え物《もの》を食べている。

「ええ、みなさんが優しいおかげですっかり」

「んでもそう言いながら敬語じゃん。アタシら同級生だよ？」

「ごめんなさい。ずっとこの口調だったので、すぐには抜けなくて……」

私が頭を下げると、真中さんはちぎれんばかりに首と両手を振る。

「うそうそ！　一生そのままでいいよ！　むしろお嬢さまっぽくて良いと思う！」「キャラ立ってるよね」「一回試しにブタ野郎って言ってみてほしい」「おっさんいるって」

和気《わき》藹々《あいあい》とやりとりを交わす光景に、胸の中が温かくなる。ずっと暗闇の中でひとりぼっちだった身からすれば奇跡みたいだと思う。実際、一人では見られるはずもなかった景色だ。

そこまで考えたところで、私は朝から抱いていた疑問を思い出した。けど、直接聞いたらいらぬ誤解を生んでしまうのは確実なので遠回しな表現を使う。

「そういえば、今日は全員登校してるんですか？」

「ん〜そうじゃない？　部活に行ってる人もいるからよくわかんないけど」

教室を見回した真中さんの回答に、内心で苦笑いしてしまう。

……ゆうきくん。

気づかれないあたり本当に友だちがいないんだ、となぜだか胸が痛くなってきたところで、ぽつりと小さな声が耳に届いた。

「佐原くんが来てないよ」

声の方を見れば、大きな黒目と視線がぶつかった。と思ったら、相手から弾《はじ》かれるように視線をそらされる。おにぎりを両手に持った小柄な子だった。愛嬌のある顔立ちに、キャラメル色の髪をお団子にしている。いま一緒に昼食を食べている子たちの中で唯一、言葉を交わしていない子だ。名前は確か——新道茉歩さん。

「そーいやそうじゃん、存在感なさすぎて忘れてたや」

真中さんがこつんと自分の頭を叩く。

「そんなに存在感ないんですか？」

「ないね。こないだも休んでたの忘れてたくらいには」「彼ミステリアスすぎるよね」

「でもあの雰囲気ちょっとかっこよくない？」「「わかるー」」

新道さん以外の子たちが優希くんについて好《す》き好《ず》きに話すのを聞いて、私は優希くんが学校すらも休んでいることに少しの安堵と、それ以上の不安を覚える。

あの日から四日。すでに土日を挟んで週が明けている。その間、優希くんは一度も生徒指導室に来なかった。

デッサンのモデルになるという約束は私が優希くんの絵を描いたことで、結果的には果たされている。だから彼が生徒指導室に来なくても問題はない。ないのだけど。

……一言くらい、何かあってもいいのに。

私が教室登校をしようと決意したのは、半分ほどはそれが理由だった。これで『学校には来ていた』なんて言われたらどうしようかと思った。そうでなかったのでひと安心したけれど、そしたら今度は学校自体を休んでいる理由が気になって仕方がない。

「佐原くんのこと、気になるの？」

気持ちが表情に出ていたのか、新道さんが再びこちらを見ていた。まるで試験の合否を確認する瞬間の張り詰めた視線。曖昧な回答など許されず、マルかバツかのみを求めるような。

「それは――」

見る方まで気を呑まれるような視線に、私はとっさに答えあぐねる。そうして致命的な沈黙が生まれようとしたその時、ガラリと音がした。

「タイミング良《よ》っ」

春巻きをかじっていた真中さんにつられてそちらを向くと、教室の後ろドアが開いていて、そこに優希くんがいた。その姿に、私は思わず眉をひそめる。優希くんの姿を見たのは四日前が最後だ。それでも、彼の雰囲気がいつも通りでないということはひと目でわかった。

こすって落ちなくなった絵の具のような薄黒のクマを目の下に宿し、口元は何かを堪《こら》えるように結ばれている。くせっ気の髪や、着ている制服までどこか荒《すさ》んで見えた。

彼はそのまま歩みを進め、お弁当を広げている女子の集団、つまり私たちの前で止まった。

どんなふうに声をかけてくるのか。どんな反応をしてくれるのか。期待と不安に早鐘を打つ心臓を押さえるように、ぎゅっと胸の前で手を握りしめる。けれど。

「ごめん、これだけ置かせてもらっていい？」「ん、おけー」

優希くんは自分の席に座る子にバッグを渡し、そのまま机を離れようとする。

「ちょいまちまち。いまちょうど佐原クンの話してたとこだから付き合ってよ」

「……え、なんで僕の話？」

表情はあまり動かなかったけれど、全身から隠しきれない警戒と困惑がにじんでいるのがわかった。けれど真中さんはまるで気づかない様子で、かしげた首を私の方へ向けてくる。

「え～っと。なんでだっけ、美澄さん？」

「みすみさん？」

彼女の視線を追いかけるようにして、優希くんがこちらを見た。

そして、ぎょっと目を見開く。

「え、なん……っていうか髪――」

「髪？　私の髪がどうかしたんですか？」

問えば、優希くんはその目をザパンザパンと泳がせる。

「いや、その、きれいだな、と思いまして」

しどろもどろの回答に、私は自分にできる最上の微笑みを浮かべてみせる。

「ありがとうございます。でも、髪を切ったくらいで気づかなくなるなんてひどいじゃないですか。ねえ——ゆ、う、き、く、ん？」

首をかしげて言えば、うなじあたりで切り揃えられた私の髪が揺れる。

同時、教室も大揺れした。

その後、優希くんの元に女子たちが殺到したのは言うまでもなく。

《2》

「明日からどうすればいいんだ……」

放課後。ひさしぶりの生徒指導室で長机に突っ伏しながら呻く優希くんに対し、私は綺麗なつむじを眺めながら返す。

「髪を切ったくらいで気づかなくなるゆうきくんが悪いです」

「教室来てると思わないじゃんか。あんなバッサリ髪切ってイメチェンまでしてさ」

「もともと短かったんですよ。まともな散髪なんてできなかったから伸ばしてただけで。だからようやくできた身だしなみだったのに、まさか気づかれないなんて」

あーあ、と冗談調子で言えば「ごめんて」と突っ伏したまま呟くのが聞こえた。「冗談ですよ」と返せば、ようやく顔を上げる。

「なんにせよ、楽しめてるようなら良かったよ」

そう言って浮かべる優し気な笑みに、私は思わず視線をそらしてしまう。そうしたら今度は部屋の狭さに気づいてしまって、一気に心拍数があがる。こんな密室でずっと二人きりだったなんて。

「私のことはもういいですから……それより、何か話があるんでしょう？」

恥ずかしさで今すぐ部屋を出たくなるけれど、まだ本題に入っていない。

私がここに来たのは、放課後のチャイムが鳴ると同時、他の子たちが話しかけるより先に『話がある』と優希くんに連れ出されたからなのだ。

「それなんだけど、頼みたいことがあってさ」

「頼みたいこと、ですか？」

「うん。日輪祭《にちりんさい》がもう来月に迫ってるんだけど、それは把握してる？」

「にちりんさい」

野菜の名前みたい、と言いながらおうむ返しをすれば優希くんは微苦笑する。

「一応補足しておくと日ノ高《ウチ》の文化祭の名称だね」

「あぁ、そういえばそうでし……え、来月？」
一、二段階ほど声のトーンが高くなっているのを自覚するが、トーンくらい高くなるというものだろう。まさか私が文化祭のことにまったく気づいていなかったなんて。
「なんでもっと早く教えてくれなかったんですか、準備参加したかったのに」

「無茶言うなよ！　こないだまで参加できる状況じゃなかっただろ！」

八つ当たりをしたら正論パンチが飛んできた。とても痛い。

「それに本格的な準備は今日からだよ。下見てみな」

「え」

言われるがまま振り返って窓の外を覗いてみる。昇降口とグラウンドの間、芝生とわずかなコンクリートの広場を、ダンボールや木の板など雑多に積んだカートを押す生徒たちが楽し気な声をあげながら行き来しているのが見えた。

「良いですね、みんなで同じものを作り上げていくこの感じ。見てるだけで楽しいです」

目前の光景に、心の奥底からエネルギーが湧き上がってくるような気がしてきて、笑みが浮かぶ。若干一名のものぐさ男子が「見てるだけなら……」とぼやいているのは聞かなかったことにする。

「そういえば、うちのクラスは何かするんですか？」

「ん、ロシアンたこ焼きだよ。ハズレはビターチョコとワサビ入り」

「うわ、ホントのハズレじゃないですか。どうしてそんな内容に」

「いや、違うんだよ。自分で食べないなら何でもいいかと思って適当に書いたやつにまさか八票も入るとは思わなく――ってなんだその顔。やめろよ、まるで僕が、」

「友だちいない人の意見だなあって」

　率直な感想を告げれば、優希くんは梅干しとパクチーを同時に食べたみたいな、きゅっとすぼんで泣きそうな表情をした。

「どうせ『友だち同士で盛り上がるものなんだからハズレの人がリアクションしやすくて食べ切れる具材にすれば良かったのに』とか言いたいんだろ……！」

「ええ、まあ」

「決まった後に気づいたんだよ……これはお祭りだって……！」

　友だちいない系男子が頭を抱えて再び長机に突っ伏す。綺麗なつむじがまた見えた。

「もしかして頼みごとって、私にもハズレの中身の提案をさせて今からでもそっちに変えてくれるよう計らってくれ、とかそういうことですか？」

「そんなことさせるくらいなら正直に全部話して撤回してもらうよ！

　そうじゃなくて、文化祭のポスターを描いてほしいんだ」

　予想もしなかった内容に、私は瞬きを返す。

「……文化祭の、ポスター？」

「そう。描ける人ずっと探しててさ。どうかな」

「どうと言われても、具体的なことがわからないのでどうにも」

「条件は生徒を一人以上描くってだけ。それ以外は自由だよ」

「生徒を一人以上って言われても、知り合いはいませんし、人物画苦手ですし」

やんわりと断ってみたけれど、優希くんは引き下がることなく、両手をパンと頭の上で合わせる。

「そこをなんとか！　モデルの見返りとして！」

何もわかっていないことを安請け合いしたくはなかったけれど、モデルの件を持ち出されてしまうとどうしようもない。何より、優希くんがこんなに頼み込んでくるのは初めてだった。

「はぁ……今回だけですよ」

「助かる！　本当にありがとう！」

優希くんは私の手を取ってぶんぶんと振る。ぶんぶんと振られながら、どうしてそこまでして私に描かせたいのだろうと考えたところで、気づいた。

「でも、文化祭来月なんですよね？

あとひと月しかないのにポスターできてないって、まずくないですか？」

「…………………」

「正直に答えないと描きませんよ」

「まずいを通り越して今年はポスターに絵がないと思われてます」

半ば無理やり描かせようとしていたのはこれが理由だったらしい。

「絵がないとどうなるんです？」

「『理想を摑めよ少年少女』っていうスローガンがデカデカと書かれただけのポスターになるんじゃないかな」

言われて想像してみる。ぱっと浮かんだのは、習字の書《か》き初《ぞ》めじみた横断幕か、フリーソフトで作ったクソダサフォントのチラシだった。

「文化のカケラも感じられないお祭りになりそうですね……」

そんなダサいものを作り出す集団に属していると表明するくらいなら休んだ方が有意義な気さえしてくる。なら自分で描いた方が確かにマシ……となったところで、ふと思い至る。

「そういえば、ゆうきくんが描くのはダメなんですか？」

優希くんが描けば私は優希くんの絵を見られるし、文化祭が最低限度の文化も保証できない事態を防げる。一石二鳥の提案だと思ったのだけれど、優希くんは微笑みを浮かべて言う。

「白紙の人間に、絵は描けないんだよ」

「なに意味のわからないこと言ってるんですか」

「意味のないことだから気にしないで」

「……？」

まるで要領を得ない会話だったけれど、優希くんはそれ以上なにか話すこともなく、思い出したように携帯を取り出すと慌てた声をあげた。

「うわ、もうこんな時間か。すぐ出ないとだ」

「？　どこか行くんですか」

「うん。塾の体験」

「へ？　なんでそんな急に——っていうか今まで行ってなかったんですか⁉」

「中学までは行ってたけど、高校入ってからは自主勉だったね」

「じゃあ、もう自主勉強だけじゃ追いつけなくなったってことですか」

「別にそういうわけじゃないよ。一人でもまったく問題ないと僕は思ってる」

「え、それ行く意味あります？　お金かかるだけだと思いますけど……」

以前話した時も二単元以上は自主的に先取りしていると言っていた。たとえ大学受験に備えてだとしても夏休み中の夏期講習から受けた方がよっぽど良かったはずだ。色々とおかしい。

「まぁ……払うのは僕じゃないし」

それは優希くんもわかっているようで、けれど肩をすくめながらドアを開ける。

「とりあえず、時間だからもう行くよ」

「待ってください、そういうことなら私も行きます。駅前までは同じですし」

短いながらも一緒に帰れるチャンスに席を立とうとしたら、手で制された。

「いや、ちょっとだけここで待ってて。すぐ来るはずだから！」

「来るって誰が——ああ、行っちゃった」

廊下を覗いてみても優希くんの姿はなく、階段を駆け降りる音が届くばかりだった。

途方に暮れて部屋に戻ろうとしたその時、横合いから声がかかる。

「……あれ、美澄？」

そちらを向けば見覚えのある、爽やかな面持ちの男子がいた。

名前は確か、久地孝宗さん。

「えっと、久地さん？　と——」

彼の後ろに隠れるように立っている人物を確かめて、私は固まる。

そこにいたのは、新道さんだった。

◇◇◇

「ここに通ってたって聞いたけど、生徒指導室ってなんにもないんだな」

「失礼だよ、たかむねくん」

通された生徒指導室の中、部屋を見回しながらあっけらかんと言い放つ久地さんに、新道さんが子どもを叱るようにたしなめる。

「大丈夫ですよ。私室じゃないですし、なにより事実ですから」

「ほら、美澄もこう言ってる。てかそんなことより美澄に名前を覚えられてる方が驚きだよ。もしかしてもう全員分覚えてたりしてんの？」

「それは流石に。でも久地さんはよく声が通るので、すぐに覚えられましたよ」

私の言葉に久地さんはへへ、とはにかみながら鼻下をさする。

「嬉しいけど、声がでかいって言われてるみたいで恥ずいな」

その姿に、私は嬉しそうに目を細めながらパタパタと尻尾を振る大型犬を幻視した。

久地さんは見た目と同様に言動も爽やかな陽キャ男子だ。クラス内での人気も高く、女子でいう真中さんと対《つい》をなしてクラスの中心になっている。

そんな久地さんと、クラスではあまり目立たない新道さんが一緒にいるのが不思議だった。

「それで、二人はなぜここに？」

「オレら文化祭実行委員で、ポスターの企画担当なんだ。

つっても実際に動いてんのはマホ一人で、オレはサボりしてるだけ」

視線を向ける久地さんに対し、新道さんは首を振る。

「わたしがワガママ通すために一人で全部やるって言っただけだから……」

「そういうことにしとこうな。んで、さっき佐原から『描ける人紹介できる』ってマホに連絡が来て、ここに来た」

納得して、私はなるほどとうなずく。

「私もポスターを描いてほしいと頼まれて、引き受けたら『人が来るからここで待っていてくれ』って言われたんです」

「で、当の本人はどこ行ったんだ。こちとら委員招集終わってからすっ飛んできたってのに」

「塾の体験があると言って帰りました」

私が肩をすくめて答えれば、久地さんは細く整えられた眉を寄せる。

「塾？　佐原ってそんな成績やばいのか」

「以前話した時は前期総合二位だって言ってましたけど」

「やっぱ。百位以内入って浮かれてたオレがバカみたいじゃん」

いっそ呆れたように笑い、それから何か思い出したように視線を向けてくる。

「てか、そんな話もしてるってマジで仲良いんだな。佐原のこと名前呼びしてたぞってクラス連中が言ってたの、完全に嘘だと思ってたのに」

当然その話は出てくるだろうと思っていたので、私は前もって決めていた文句を答える。

「木谷先生の紹介で私の絵を手伝ってもらってたんです」

「へぇ。……え、それだけ？」

「それだけですよ」

「佐原のこと下の名前で呼んでるのは？」

「それは仲が良いからです」

「いいんじゃんかよ！」

久地さんはけらけらと笑って椅子から立ち上がる。

「面白い話も聞けたし、後は二人に任せるわ」

「ポスターについての話し合いをするんじゃないんですか？」

「言ったろ。オレはただの付き添いで、ポスターのことはマホに丸投げしてんだ。

つーわけで、部活の方に顔出してくる」

そう言って部屋を出た、と思ったら戻って来て顔だけ覗かせて。

「そうだ、美澄。今度オレにも絵教えてくれよ。

美術の成績3なのにマホ全然教えてくれないからさ」

「かまわないですけど……」

こっちも手伝ってもらっていた立場だけど大丈夫ですか、とは言えなかった。

「よしゃ、言質《げんち》とったぞ？　そっちもクラスで困ったことあったら頼ってくれていいからな。じゃ、また明日！」

爽やかな笑みを浮かべて、久地さんは今度こそ出て行った。

「久地さん、パワフルな人ですね」

そんなことを呟いてみても、下を向く新道さんから返る言葉はない。

思わず逃げ出したくなるが、グッとこらえて努めて明るい声をあげる。

「時間もあまりないことですし、さっそくポスターの件について話しましょうか」

昼休みのことも、いまのだんまりも気のせいにして流すつもりだった。

わかった、とそのまま応じてくれたなら、どんなに良かっただろう。

けれど。

「美澄さん」

新道さんが顔をあげる。その目力に、視線が釘付《くぎづ》けになる。

「お願いがあるの」

目の前の表情が上手く読み取れない。無表情のようでいて、でも確かに感情は乗っている。

――ああ、そうか。

色んな感情が混ざっているのだ。それも、とてつもない種類と量の。

爆発していないことが奇跡とさえ思えるそれを次の瞬間、私は言葉として聞いた。

「佐原くんと、別れてくれませんか」

《3》

翌日。放課後。

『近況報告をしてほしい』と木谷先生に呼ばれた私は保健室を訪れた。

「さて、本日はどうされましたかお嬢さん？　発熱？　腹痛？　生理？　不眠？　残念ながらすべて俺の管轄外だ。その場合は大学付属の病院にでも行ってくれ」

「ゆうきくんが木谷先生を『ノミみたいに扱っていた理由がいまわかりました」

デスクで優雅に膝を組みながらウザさ極まる発言を悠々と放ってくる先生に、私は呆れの視線を向けるしかなかった。なぜあんなに良い先生を邪険に扱うのだろう、とこれまでは不思議でしょうがなかったけど、どうやらこれまでの自分は配慮を受けていただけらしい。

「そんな返しができるならもう心配いらなそうだな。いやいや良かった」

「私は木谷先生の頭を心配してますけど……」

「おいおい、最近めっきり呼んでも来なくなった優希の代わりまで務めてくれるってのか？　おじさん喜んで乗っちまうぜ？」

「やっぱりいいですごめんなさいすこぶる良好だと思いますよだからやめてください本当に」

笑顔のサムズアップを全力で拒否しつつ、会話で飛び出たワードに私は話そうと思っていたことを思い出す。

「……あの、ゆうきくんって最近何かあったんですか」

「うん？　これまたどうして」

「最近呼んでも来なくなった、って言ったじゃないですか。今日も休んでましたし」

「言ったな。けど俺の方には体調不良としかきてない。というより、むしろその感じだと美澄さんの方が心当たりあって誰かに相談したい、とかじゃないのか？」

「気持ち悪いですよ先生」

「伊達《だて》にカウンセラーやってないんでなぁ」

この鋭さは職業柄なのか、本人の慧眼《けいがん》ゆえなのか。本性を知ってしまった今、後者だとは思いたくないけれど、その慧眼に助けられたことも一度や二度じゃなかった。

「まあ俺でよければ話してくれよ。話せる範囲で構わないからさ」

促されるようにして、私は昨日のことを述懐する。

「別に、心当たりがあるってわけじゃないんです。ただ――」

◇◇◇

「佐原くんと、別れてくれませんか」

向けられた感情に、私は正しく返す術《すべ》を持たなかった。

突然の言葉に思考が混乱して然《しか》るべき訂正もできず、それでも言葉を返そうとして。

「どうして、そんなことを？」

出てきたのは、根本的な問いだった。

「……これ見て」

新道さんが差し出してきた携帯端末の画面を見る。そこには優希くんとのメッセージのやりとりが表示されていた。最新のメッセージはたった数十分前の『文化祭のポスター描ける人紹介できるから生徒指導室にきてほしい』という文言。それより上は四日も前で相手からの送信取り消しが二回続いた後『ごめん』『間違えた』とだけ添えてある。

「これが？」

「送信取り消しのところ。既読をつける前に消えたけど、通知が見えてたの」

何かが溢れ出ないように押し殺した結果の、ささやきじみた声。固まって動かない、いっそ透徹とした視線は、じっと手の中の画面にのみ注がれていて。

「……なんて書いてあったんですか」

パンドラの箱を開ける行為だと自覚しながらも、聞いてしまった。

「前に言ってた文化祭のポスター描くよ、って」

「……っ」

理解する。新道さんが何を言いたいのか。

けれど、私が言葉を口にするより先に、彼女の激情が溢れ出た。

「最近ずっと楽しそうだったのも、ポスター描くって言ったの取り消したのもなんでだろうってずっと考えてた。でも、全部わかった。わたしなんかじゃ、ダメだったんだ」

頭を振る新道さんの目尻から、いくつもの涙が光粒となって散った。

「それでもわたしは……佐原くんに描いてほしかった。

もう一度だけでいいから描いてほしくて、ここまでやってきたのに……っ！」

胸元の端末を割り砕かん勢いで握りしめながら彼女は言う。

「ねえ、佐原くんに何したの？　何を言ったの？

『もう描かなくていいよ』って、言っちゃったの？

あんなに描きたくて描きたくて苦しんでたのに、そんなひどいこと——」

そこで顔をあげた新道さんはハッと息を呑む。それはまるきり、激情に身を任せるまま事に及んでしまった咎人《とがびと》が我に返った瞬間だった。

「ご、ごめ……ごめんなさい。急にこんなこと言われて、ワケわかんないよね。頭おかしいよね、わたし。ごめんね……今日はもう、帰るねっ」

涙を拭い、ふらつきながら、新道さんは逃げ出すように部屋を出て行った。

残された私は何をすることもできず、誰もいない廊下をただ眺めるしかなかった。

◇◇◇

「結局、私は何も言えなくて。今日も話さないままここまできてしまったんです」

本当に、一言も会話できなかった。クラスメイトから優希くんとの関係について聞かれるばかりだったのを言い訳に、彼女たちによって新道さんが視界に入らないのをいいことに、目を背けてしまった。それではいけないとわかっているのに。

腕組みをしたままじっと私の話に耳を傾けていた木谷先生が、ぽつりと呟く。

「青春だなぁ」

「……バカにしてますか」

生徒が勇気を持って話をしたというのに、第一声が「青春だなぁ」とは。

呆れてため息すら出ない私に、木谷先生は「いやいや」と手を振る。

「羨ましいのさ。夏すら過ぎ去ったおじさんからしてみれば、あまりに眩しい青色だ」

どこか楽し気に肩を揺らしながら、ふいに目を細める。

「でも、確かに青春の一言で済ますには、ちょっとばかり入り組んでるかもな」

「入り組んでる？」

「だってそうだろ？　彼氏持ちが彼氏持ち——まあこの場合は〝そう思い込んでる相手〟だが、それに対して『そいつと別れろよ』って言ってるんだから」

「ちょっと待ってください。彼氏持ち？」

引っかかった単語を追及すれば、木谷先生は片眉をつりあげる。

「新道さんと久地くんだよ。去年の後夜祭で公開プロポーズしてくっついたから結構有名なカップルだぜ。なんだ、知らなかったのか？」

「……知らなかったです」

「そうか、そりゃ悪かったな」

木谷先生はばつが悪そうに頭をかくが、私は何も言葉を返せない。

どろりと、頭の中の枠組が崩れていくようだった。

いよいよもって、すべてがわからなくなってしまった。

「……あの」

「うん？」

「私は、どうすればいいんでしょうか」

気づけば、そんな言葉をこぼしていた。

弱音でしかないとわかっているのに、一度こぼせば止まらなかった。

「わからないんです。何をしたら、ゆうきくんのためになるのか」

新道さんの言っていたことは、何一つとしてわからない。

けれど、鼓膜の奥底で彼女の叫びが反響してやまないのだ。

――あんなに描きたくて描きたくて苦しんでたのに
それはきっと、私の知らない優希くんのことで。

「新道さんの言っていたことが本当なんだとしたら、私がポスターを描いたらゆうきくんはもう絵を描かなくなってしまうかもしれない。そんなの――」

「何をごちゃごちゃ言ってるのか、俺にもよくわからないが」

あえて私の言葉を遮るように、木谷先生は大きく言葉を発する。

「俺が優希ボーイについて伝えられるのは一個だけだ」

言いながら、木谷先生は手元の引き出しからタブレットを取り出すと、こちらに向かって差し出した。その画面には一枚の写真が表示されており、額縁に入った絵の横で、制服に身を包んだポニーテールの髪型の子どもが立っている。

「誰です、これ」

「おいおい、今の流れ的に一人しかいないだろ?」

木谷先生の意地悪い笑みに、私はまさかと再び画面を見る。

「もしかして……ゆうきくん？」

「そ。三年前のな」

髪型とサイズの合っていない制服のせいでわかりにくいけれど、よく見れば面影がある。そして優希くんとわかって見てみれば、急に感情が湧き上がってきて、

「か、かわ――」

「あ、一応言っとくと、可愛いとか本人に言ったらブチギレられるから気をつけろな」

俺は許してもらうまで一ヶ月かかった、と経験者は付け加える。

「……で、これは何の写真なんですか」

私が何食わぬ表情で顔をあげれば、木谷先生は無言で画面を左にスワイプする。

――『天才少年画家の絵、およそ五百万で落札』

どうやら電子新聞のバックナンバーらしい。そんな見出しが目に入った。

本文には五歳ごろから絵を描き始め、十三歳であるこの年、『游々《ゆうゆう》たる』が約五百万円で落札されたことや、画商の父親によって優希くんの描いた絵は以前から数十万以上の価格で取引されていた、などのエピソードが語られていた。

「五百万……!?　え、これ日本円ですか？　ウォンだったりしません？」

「円って書いてあるだろ。ウォン換算だったら五十万円ぽっちだ。

それにしてもすごいことには変わりないが」

「というか、お父さんが画商なんですね」

「界隈《かいわい》じゃ有名なアートディーラーだったらしいな。だからこそこんな取引が成立したんだろうし。まあ、それはさておき、記事の絵がこれだ」

木谷先生が次の画像へスワイプする。

そうして表示されたものに――息を呑んだ。


まず視界に入ったのは青だった。

深くて淡い、矛盾のようで矛盾でないそれは、生命の濫觴《らんしょう》たるすべてを包み込む海の色。空のかわりとばかりにどこまでも洋《ひろ》がる海《あお》の下《もと》、珊瑚《さんご》礁《しょう》の大地に咲き渡るイソギンチャクの花畑の中を、極彩色《ごくさいしき》の魚たちと共に美しい人魚が泳いでいる。


呼吸すら忘れて画面に見入っていた。

木谷先生が画面を閉じなければ、いつまでも見ている自信があった。

「すごい絵だろ。七百×千程度のピクセル数の画面ですら、問答無用で感動させられちまう。こんなのを十三歳で描く化け物がいたんだ」

ドクドクと、自分の心臓が信じられない速度で早鐘を打っているのがわかった。

身体は弾けそうに熱くて、脳は電撃に打たれたように痺《しび》れている。お腹《なか》の奥底から、とろけるような、爆《は》ぜるような、ナニカの衝動が湧き上がってくる。

総文祭とか、そんなスケールじゃない。もっとすごいところに優希くんはいた。

――描き続けてる人の方が、ずっとすごいからいたはず、だった。

「こんなのを描ける腕を持ちながら、今や中央線で見かけるサラリーマンみたいな目してひっそりと学校に通ってるんだから、見た目じゃ人間わからないよな」

「その発言、中央線使ってるサラリーマン全員を敵に回しましたよ」

「俺も使ってるからセーフだセーフ」

謎の理論を展開しながら、木谷先生は「話を戻そう」とタブレットをしまう。

「新道さんが何を言いたかったのかは、この際置いておこう。いま解明できるものじゃないからな。いま決めるべき問題、というか命題は〝美澄さんがどうしたいか〟だ」

「私がどうしたいか……？」

「そう。どうするべきか、じゃなくてな。これは俺がカウンセリングの際によくやってる手法で、何をどうしたらいいかわからなくなった時、誰かにやれって言われたことは一旦忘れて、自分がやりたいことだけを考えるんだ。マジでなんでもいい。帰って寝たいでも、プリン食べたいでも。それらを全部叶えたと仮定して、突き詰めていった先に、本当にやりたいことが見えてくる。あ、ただ死にたいってのは無しな。そういうネガテイブなのはダメ」

ぶぶー、と腕でバッテンを作る木谷先生を横目に、言われるがまま考えてみる。

やりたいことなんて、久しく考えたことがなかった。最後にやりたいことを決めたのは一年以上前のことだ。けど、考えてみたら驚くぐらい自然とそれは出てきた。

「……私は、ゆうきくんに何があったのか知りたいです」

「いきなり答えが出てきたな」

木谷先生が苦笑交じりに呟くけれど、むしろ私にはそれしかなかった。

「私、ゆうきくんのこと何にも知らないんです。彼が絵を描く理由も、やめた理由も。いま、苦しんでる理由も。全部知りたい。知って、力になりたい。

……私が、そうしてもらったように」

思いを言葉にすれば、木谷先生は口端をつり上げる。

「そういうことなら、足で情報得ていくしかないよなぁ」

「あし？」

「聞き込みだよ。わからないこと、知りたいことは歩いて、自分の目で見て確かめる。探偵の基本だろ？」

「私、探偵じゃないですけど」

私の返しを華麗にスルーして、木谷先生は剃《そ》り残しのあるあごを触りながら言う。

「そうだなぁ。差し当たっては優希の友人からいくのがいいんじゃないか？　たとえばほら——中学からの同級生とか」

◇◇◇

10／6（火）17：23
みすみ：『突然すみません。美澄です』『空いてる日、ありませんか』

10／9（金）18：20
マホです：『日曜なら（腕で丸を作る女の子のスタンプ）』

10／9（金）18：41
みすみ：『では日曜の十時に駅前集合で』

《4》

日曜の朝空はよく晴れ渡っていて、駅前はすでに道行く人で溢れていた。

いくら楽だからといっても待ち合わせ場所にしたのは失敗だったかも、と思いながら辺りを見回せば、時計台の下の後ろ姿に視線が吸い寄せられた。

「こんにちは」

歩いていって、その肩を叩く。そして人差し指を立てたままにすれば、

「……ひょんひひは」

振り返った少女――新道さんは、ほっぺたに人差し指を突き刺されながら挨拶を返してくれた。困惑に眉根を寄せているのが可愛らしく、つい微笑んでしまう。

「お洋服、すごく可愛いですね」

「うぇ……あ、ありがと」

新道さんの格好はハイウエストの白パンツに薄カーキ色のカーディガンという深まる秋に合わせたコーデだった。バッグもスニーカーも黒と白で押さえてきちんとした印象になっているし、髪型はお団子でなく、一つにまとめたのを胸元に流している。端的に言ってすごく可愛い。けれど、新道さんはまんまるな目をさらにまんまるにさせてこち

らを見つめていた。

「そんな驚いた顔しなくても」

「ご、ごめん。あんなことがあったのに、普通に接してくれるから驚いちゃって……」

『あんなこと』とは生徒指導室での一件のことだろう。

「私、そこまで捻くれてないですからね？　良いモノはきちんと良いって言いますよ」

「あ、ありがとう。あと、そうやってまともに褒められるのも初めてだから、わたしの格好間違ってなかったんだなって安心したのもあるっていうか……」

新道さんの突然のカミングアウトに私は耳を疑った。

「初めて？　友だちと遊んだりしないんですか？」

「遊ぶよ！　杏ちゃんとか他の子たちも。けど、みんなわたしよりずっとオシャレだし、互いのことあんまり褒め合わないっていうか、オシャレするのが前提っていうか」

「もったいないですね。こんなに可愛いのに……ん？」

苦笑いする新道さんの顔を見ていたら、あることに気づいた。私は思わず新道さんの両肩を掴んで顔を寄せる。

「お化粧もしてくれてるんですね？　すっごく可愛いです」

「ふゃっ⁉　ち、ちかっ……」

学校での化粧は原則禁止。とはいえしている子もいるし若干黙認されている。けれど新道さんは学校で化粧をしない。つまり今日、私と会うためだけに化粧をしてくれたということで。

「ゆうきくんの言ってたことってこれだったんだ……確かにお礼を言いたくなる」

「美澄さん、なんかぶつぶつ言ってて怖いよ……？」

「あらごめんなさい、ただの独り言ですから」

パッと離れれば、新道さんは解放された安堵に息を吐く。その様すら可愛らしい。

「そんなに気合い入れてきてもらったのに、私は何もしてなくて恥ずかしいですね」

見下ろした私の格好は休日にもかかわらず、革靴と制服だった。

「それなんだけど、なんで制服なの？」

「着る服がないんですよ。部屋着はありますけど、お出かけするような服は一着もなくって。なかなか外に出られなかったものですから」

「あ……そう、なんだ」

踏み込んではいけないところに踏み込んでしまったと、新道さんの瞳が悔恨の念に揺れるのを見て、私は思わず苦笑いしてしまう。敏《さと》くて優しい子なんだな、と。

さぞ生きにくいだろう、とも。

「とりあえず、行きましょうか」

だからせめて明るい声をあげて、新道さんの手を引く。

新道さんは身を強張らせながらも、おずおずと一歩を踏み出してくれた。

◇◇◇

余談だけれど、日ノ山は数年前から再開発が行われているらしい。

都会寄りの田舎と揶揄されていたのは今は昔。南側の大通りを含めれば、駅周辺には三つも大型ショッピングモールがあり、駅横のモールに至っては二フロア分もある映画館や、UFOキャッチャー導入台数でギネスに記録されたゲームセンターもあったりする。若者御用達《ごようたし》のアパレルショップも多くあり、もはや駅周りだけで買い物も遊びも完結させることができる。つまり。

「さて、次はどこに行きましょうか。あ、あそこのアクセサリとか良さそうじゃないですか？　良いモチーフがありそうで――」

「ちょっ、ちょっと待って」

向かいの店に足を踏み出そうとして、腕を摑まれてしまいその場に留まる。振り向けば、新道さんがどんぐりを投げられたリスのような顔でこちらを見あげていた。

「どうしたんです？　なにか見たいものありました？」

「いや、そうじゃなくて……。なんでわたしたち、お買い物してるの……？」

両腕にさげた買い物袋を揺らしながら聞いてくる。対して、片手につき二つ以上の買い物袋を持っている私は着たばかりのトレンチコートの裾《すそ》を翻《ひるがえ》しながら答える。

「さっき言ったじゃないですか。私の服がなかったからですよ」

二人で歩き出してからはや二時間。私は外出用の服を用意するべく、新道さんを引き連れて、もとい引きずってショッピングモールを練り歩いていた。現在、服は買い揃えることができ、すでに制服から着替えている。

「それは聞いたけど、わたしが言いたいのはそういうことじゃないっていうか……」

「あっ、これとかどうです？

蝶《ちょう》の羽のイヤリング、色合いとシルエット良くないですか？」

「ん、確かにすっごくかわ——じゃなくてぇっ！」

新道さんはぶんぶんと腕を振ろうとするけれど、両腕にさげた袋が邪魔でガサガサと音を立ててるだけだった。その姿に、思わず仄暗《ほのぐら》い笑みがこぼれる。

二時間ほど共に行動してわかったことだけど、新道茉歩という少女は、とにかくかまい倒したくなる魅力を持っていた。キュートアグレッションと言い換えてもいい。クラスで姫と呼ばれて撫でまわされている理由がよく理解できた。

「まあまあ。もうお昼ですから、一度ごはんにしましょう」

「んがーっ！」

ちゃっかりアクセサリも買って、そのままの流れで新道さんを上階のファミレスまで連れていく。けれど互いの注文を終えてウェイトレスが去った後も、彼女はぶすくれた顔をしていた。

「買い物、そんなにつまらなかったですか？」

「買い物はよかったよ、すごく楽しかった。たくさん褒めてくれるからつい買いすぎちゃったくらい」

「それなら良かったです」

そう、なんだかんだ新道さんもノリノリだった。

意外にも服の趣味が合って、互いの服を見合ってこれもいい、こっちも可愛いと言っていたら二人して買いすぎてしまった。また一緒に来たいなと、早くも次のことを考えていた私とは対照的に、新道さんは神妙な面持ちでこちらを見つめながら言う。

「でも、なんでわたしと一緒なの？」

「なんで、というのは」

フルーツティーを飲みながら聞き返す。

「だって、わたしは美澄さんに対してあんなにひどいことを言ったのに……」

こちらを見つめる瞳には様々な色の光が浮かんで揺れていた。そのすべてを読み取ることはとてもじゃないけどできやしない。ただ断言できるのは、そこに湛えられた光は純粋なものだということ。いくつもの感情《いろ》を抱えながら嘘偽りなく向き合ってくれる彼女に対し、私も向き合おうとフルーツティーを置く。

「火曜日、日直だったでしょう」

「え、うん」

「三時限目の数学の後、私が板書を書き終えるまで黒板を消さずに待っていてくれたの、本当に嬉しかったんです」

「き、気づいてたの……⁉」

「気づかないわけないじゃないですか。同じ教室内なんですから」

顔を真っ赤にしてうつむく新道さんに微笑みながら、私は続ける。

「別れてほしい、と言われたことについては今でも納得できてません。でも、板書が終わるまで待っていてくれる子とは仲良くなれそうだし、なりたかった」

そこで一拍置いて、顔をあげる。

「だから、呼び方を変えたいんです」

「呼び方を変える？」

「ええ。私の大好きな人いわく、見知らぬ誰かと仲良くなるにはまず名前で呼び合うのが一番らしくて。ダメですか？」

「だっ、ダメじゃないです！　良いです！」

「良かった。じゃあ、これからよろしくお願いしますね、まほちゃん？」

「うん。よろしく、さ――」

「あ、私のことはさっちゃんって呼んでください」

「え……さっちゃん？」

「小さい頃はそう呼ばれてたんです。だからそう呼んでくれると嬉しいなって」

「わ、わかった。よろしく、さっちゃん」

互いに名前を呼び合ったところで、ウェイトレスが注文の品を運んできた。

「ひとまず、ごはんにしましょうか」

「うん」

私たちの前に和風スパゲッティとデミグラスソースのオムライスが並べられる。

どちらともなく手を合わせ、一口目を口に運べば、呟きが聞こえた。

「……美味《お》《い》しい」

「ですね」

口の中でとろけていく卵に、いつかの誕生日を思い出す。

『どうどう!?　今回のお味は！　おいしいでしょ？』

二人きりの食卓、彼女の笑顔、頰についたケチャップ。

あの味は、何かと比べられるものではない。

それでも。

目の前の少女と食べるこのオムライスも、きっと同じぐらい美味しかった。

《5》

「話をする前に言っておきたいんですが、私とゆうきくんは別に付き合ってませんよ」

食事を終え、膳を下げられるのと入れ替わりにミニパフェが置かれた直後だった。

何も頼んでいない茉歩ちゃんは食後のメロンソーダを口に運ぶ手を止める。

「え……？　で、でもポスターの絵、引き受けたって」

「それは引き受けましたよ。けど、付き合ってはいません。というかどうしてポスターの絵を引き受けたからって、イコール付き合ってることになるんですか」

「だ、だって……！　友だちのいない佐原くんが自分の代わりに絵を描いてほしいなんて頼めるの、彼女くらいしかいないもん……！」

「……それは確かに」

否定しきれないのが悲しかった。まさか友だちがいないことがここまでの勘違いを生んでしまうなんて、優希くんも思わなかっただろうに。

「だから二人が別れたら、また佐原くんが描くしかなくなるって、そう思ったの」

茉歩ちゃんは泣きそうな顔でうつむき加減に「ごめんなさい」と頭を下げる。

「素直に言ってくれたので、良しとしましょう」

私は小さく息を吐き、茉歩ちゃんを見すえる。

「けど、一つだけ教えてください。

どうしてそんなに、ゆうきくんに絵を描いてほしいんですか？」

好き合っている相手じゃなければ頼みごとなんてできないと断定できるほどに彼のことを理解していながら、別れさせてまで絵を描かせようとした。その理由は、

「ゆうきくんのこと、好きなんですか？」

手元のメロンソーダをじっと見つめていた茉歩ちゃんが、小さく呟いた。

「……わかんない」

「え？」

「杏ちゃんにも言われたことあるけど、よくわかんないよ。

わたしはただ……佐原くんとの約束を果たしたいだけなの」

絞り出すような茉歩ちゃんの言葉が胸中でリフレインする。

約束。

「その約束って、何をしたんですか」

気づけば私は身を乗り出して、茉歩ちゃんの手を握りしめていた。

「私、ゆうきくんのことが知りたいんです。どうして絵を描かなくなったのか。ううん、それだけじゃない。彼についてなら、どんなことだって知りたい」

「……それは、佐原くんのことが、好きだから？」

茉歩ちゃんの問いに、私は微笑んで首を振る。

「私は、彼のことを好きになったらダメなんです」

茉歩ちゃんは困惑したように私を見つめていた。けれど、それ以上にじっと見つめて待つ私に根負けしたようで、やがてぽつぽつと語りだした。

「佐原くんはね、わたしを助けてくれたの」

◇◇◇

「え、新道さん何描いてんの？　うちらにも見してよ」

中学三年の昼休みだった。顔をあげれば、いつもの三人がこちらを見下ろしている。

五月の生ぬるい風に、教室のカーテンと茉歩の安寧が揺らぐ。

「返事しなって。おーい、バグっちゃった？」

弓をしならせるように、もう一人の少女の口が歪んで開く。唇に糸引く唾と、歯の矯正器具が覗いて見える。

「うっわ、めっちゃかわいいキャラ描いてんじゃーん！　なにこれ、魔法少女？　なんかのアニメ？　アタシにも教えてよ」

残りの一人がノートをかすめとり、鬼の首を取ったように大声で詰問してくる。そこに描かれているのは茉歩が小学生の時から追い続けている好きな作品の登場人物だ。けれど教えたところで意味はない。彼女たちが求めているのはそんなことじゃない。

のっそりと、ワンテンポ遅れて周囲の視線がこちらへ向く。たまらず茉歩がうつむけば、彼女たちの愉《たの》しそうな嗤《わら》い声が耳をつんざいた。

真っ白になった頭の片隅で、茉歩は何度目ともしれない後悔を抱く。


きっかけは二週間前の美術の授業だった。互いの顔を描いてみましょうという内容で、茉歩は彼女たちのリーダー格の少女とペアになった。

「ねえ。それ、消して？」

もうすぐ完成するというところで、ふいにそう言われた。

「え……それって？」

「そばかす。言わなくてもわかるっしょ？　描く意味ないじゃんそんなの」

彼女は苛立《いらだ》ちを隠そうともせず、髪をくるくると指で巻きながらため息をつく。

「な、なくないよ。天の川みたいできれいじゃん」

純粋な感想だった。ころころと変わる表情の上で、変わらず流れ続ける星々の束を素敵だと思った。けれど、目の前の彼女からは表情が消えて、ぼそりと呟く。

「……バカにしてんなよ」

それが〝地雷を踏む〟という行為だと知ったのは、少し後の話だった。

そして無垢《むく》で無知な少女に対して、私怨という名の報復が始まった。


取り上げられたそれを覗き込みながら、彼女は嘲るように言う。

「みんな目ぇでかくてスタイル良いね。しみだって一つもないし。一人くらい天の川みたいなそばかすしてる子いないの？」

彼女の言葉に茉歩は思わずう、と呻き声をあげる。

あの日から、彼女は化粧をするようになった。そばかすを覆い隠すように厚く塗られたファンデーションと現状のやりとりを、誰もが見て見ぬふりをしている。

「か、かえして……」

茉歩がなけなしの反抗を示しても、彼女はますます面白がるようにノートを持った手をひらひらと振ってみせる。

「じゃあなんのキャラか言ってよ、みんなに伝わるようにでっかい声でさ。アンタの絵、へたくそだから何描いてあるかわかんないんだわ」

へたくそ、と言われて視界が歪む。その言葉に対して言い返す資格が茉歩にはない。ともすれば同学年に言い返せる人はいない。ある一人を除いて。彼女たちもそれをわかっているから、茉歩にへたくそと言葉を浴びせてくるのだ。

「何、泣いてんの？」「だっさ」「かわいー」うつむく茉歩の頭上から氷礫《ひょうれき》のような言葉が降り注ぐ。

「いいから、返してよ……！」

まぶたから涙がこぼれ落ちるのもいとわず、立ち上がって腕を伸ばす。

「うわ、へたくそが怒った」

茉歩の決死の行動を嘲笑《あざわら》うように、ノートを持った彼女の腕があがる。

スローモーションのように、けれどあっという間に距離が離れていくのを絶望しながら眺めて――ふいに、横から伸びた手がそれを阻んだ。

「いたっ」

彼女が声をあげてノートを床に落とす。とっさに摑まれた腕を振り払ってにらんだと思えば、目を見開いて固まってしまう。茉歩も遅れてそちらを見て、息が止まる。

馬の尾のような後ろ髪と、絵の具がついてカラフルになったジャージと上履き。

佐原優希が、そこにいた。

何を考えているのかわからない、ともすれば何かを考え続けているような、どこか澄んだ表情で優希は短く言い放つ。

「嫌がってることとするなよ」

三対一の構図で、両者がにらみ合う。

が、彼女の顔を見た優希が眉をひそめる。

一触即発の雰囲気にそぐわない、純粋な困惑の表情。

「何。人の顔じっと見て、きもいんだけど。アタシの顔になにかついてるわけ？」

「いや……なんか化粧濃くない？　おしろいみたいになってるけど合ってるのかそれ」

無自覚な攻撃ほど痛いものはない。

彼女がファンデの下からでもはっきりわかるほど顔を赤くするのと、昼休み終了のチャイムが鳴ったのはほぼ同時だった。

「うざいんだよ、ヒーロー気取りが」

顔の赤みも戻らないうちに彼女たちはそのような罵倒をいくつか吐き捨てて、逃げるように席に戻っていく。

「……こわぁ」

優希は小さく呟きながらノートを拾い上げると、こちらに向かって差し出す。

「はいこれ」

「あ、ありがとう」

茉歩はあまりのできごとに、友だちらしい男子から教科書を借りて出ていく優希を見送ることしかできなかった。


「あ、あのっ！」

クラスメイトから行き先を聞いて、ようやく見つけたその背に声をかける。

キャンバスバッグを抱える優希がこちらを振り向いた。

「ん？　ああ、昼休みの。怖かったよなー、あれ。大丈夫だった？」

茉歩は荒れる息を整えながらうなずく。

「うん。佐原くんのおかげで何もなかった、です」

「なら良かった。ていうか、僕の名前知ってるんだ」

「それは、佐原くんのこと知らない人はうちの学校にいないよ」

優希は絵画の賞で幾度も表彰されており、学年を超えて名が通っていた。

一般に〝絵描き〟と聞いて想像するような気難しさや偏屈さはなく、誰とでも屈託なく接する人の好《よ》い少年という印象だった。廊下でほかの男子と楽しげにじゃれあっているのを何度か目撃したことがある。

「そんなことはないと思うけど、ありがとう。

……ところでさ、あいつらとはいつもああなの？」

「ううん、いつもじゃないよ。ここ二週間くらいだけの話で」

「二週間も？　じゃあまた明日何かされるかもしれないってことじゃんか」

優希は深刻そうな表情をして、ぱっと何かを思いついたように顔をあげる。

「そうだ、明日からここ来なよ」

そう言って美術室を指し示す。けれど、茉歩はゆるゆると首を振る。

「昼休みは使えないんだって。顧問の先生にそう言われた」

美術部である茉歩も、当然ながら逃げ場所に美術室を選ぼうとしたことはある。が、美術部の担当顧問から昼間は使えないのだと断られてしまっていた。

「僕、毎日使ってたんだけど……ダメだったのか」

こわごわと呟く優希の発言で、茉歩はようやく理解する。

「昼休み使えないの、佐原くんが使ってるからだよ」

「えっ、そうなの？」

「うちの顧問、佐原くんの絵大好きだし……コンテストの話が出るたびに『彼も学校から出してくれたらいいのにな～。でも自由に描かせた方がいいだろうしな～』ってぼやいてるから、多分そうだと思う」

茉歩の発言に、優希は噴き出して、それからにんまりと笑った。

「じゃ、決まりだな」

　次の日、茉歩は昼休みに美術室を訪れた。

「佐原くん、あの人たちに何したの？」

　言っていた通り、優希は窓際で一人絵を描いていた。黙々と紙に鉛筆を走らせる姿はまるきり象牙《ぞうげ》の塔《とう》の住人で、別の世界に迷い込んでしまったような昂りを覚える。声をかけるのもしのびなかったが、どうしても聞きたいことがあった。

「別に何もしてないけど」

　手元から視線を離さない優希に、茉歩はむっと目を細める。

「嘘だよ。教室出るときに昨日のこと謝られたもん」

「あー、美術部の顧問には事情話して、このままだと仕返しとかされて絵を描くのに支障が出るかもしれませんとは言った」

「何もしてないことないじゃん……」

　昨日の今日で美術室に来てもいい大義名分が無くなってしまい、困惑に立ち尽くす茉歩に優希がようやく顔をあげる。

「なんでずっと突っ立ってるの？　描かないの？」

「だって、もう問題は解決しちゃったし……」

　いてもいいのか、と言外に訊ねた茉歩だが、優希は何を言いたいのかわからないというように眉をひそめる。

「思いきり絵が描けるようになって良かったじゃん。ぼーっとしてたら昼休み終わっちゃうぞ」

言って、再び手元に視線を落としてしまう。

その周囲には三つも席が空いていて、どこにだって座れた。

「じゃあ……おじゃま、します」

向かいに座り、ノートを開く。ん、と小さく声が返る。

そうして日のあたる窓際の席で、互いに絵を描くようになった。


梅雨のある日、茉歩は気になっていたことを聞いた。

「今さらなんだけどさ、なんで助けてくれたの？」

「なんでって、なんで？」

優希は手を止めずに聞き返す。

「だって、別のクラスの知らない女子を助けるなんて普通ないじゃん。人が困ってたら見過ごせないんだっていうならわかるけど、佐原くんそんな聖人じゃないし」

「え、極悪人ってこと？」

「そうじゃなくてぇ！　絵が何より大事っていうか……お絵描き星人っていうか」

「せいじんなことには変わりないじゃん」

「真面目に聞いてるのに……！ もういいです」

茉歩が諦めて絵に戻ろうとしたその時、コトンと音がした。

どんな時でも手を止めなかった優希が鉛筆を机に置いて、こちらを見つめていた。

「……笑わないって約束するなら言う」

「わ、わかった」

茉歩がうなずけば、優希は小さく息を吸う。

「昔、絵画教室に通ってたことがあってさ。

ほとんど小学生以下の、半分託児所みたいなとこ」

苦虫を噛《か》み潰したような表情で語り出す。

「ある日、体験に来た子がいて僕がサポートを任せられたんだ。当時の僕は教室の中でも描ける方になってて、鼻が高くなってた。おかげでその子の絵を見て『うわ、へたくそ』なんて抜かした。そしたらめちゃくちゃ泣かれて、挙げ句にその子はそれきり来なくなっちゃって。……バカだろ？」

「うん、バカだね」

茉歩は思わず同意してしまった。

「ものすごい怒られたし、自分でもすごい後悔して、へたくそって言葉に敏感になった。

だから、あの時もよく聞こえてきた。それで声の方を見たら、新道が泣きそうな顔してて、気づいたら割って入ってた」

優希は自嘲の笑みを浮かべる。

「ダサくて笑っちゃうでしょ？　笑ってよ」

先ほどと真逆のことを言い出す優希に、けれど茉歩は首を振る。

「笑わないよ。そんなすごい人のことをわたしは笑えない」

「今の話のどこがすごいんだよ」

「だって、ちゃんと覚えてるんでしょ？　本で読んだんだけど、人の脳ってイヤだなって思ったことは無意識に忘れたり、遠ざけたりするんだって」

「へえ」

「でも佐原くんはちゃんと後悔して、反省して、覚えてる。本人が覚えてようと思わなきゃ、そんなの無理だもん。だからすごい」

いつかまたその子に会えたらいいね、と笑う茉歩に優希は肩をすくめて笑った。

夏休みを目前にしたある日のことだった。

「新道って、志望校どこか決めてたりする？」

珍しく何も描かずに窓の外を眺めていたと思えば、突然そんなことを言い出した。

「え、なんで？」

茉歩の問いに優希は顔をそらして肘をついたまま返す。

「……色々あって、塾に行き始めてさ」

その発言には不服であるという意思が如実に出ていた。

「お母さんに塾行けー、って言われた感じ？」

「まあ、そうだな」

「佐原くんのお母さん、厳しそうだもんね」

「世間一般に比べたら確かに──ってちょっと待て。

僕、新道に母さんの話したことあった？」

「ないけど、有名だよ。すっごい美人で厳しい人だって。三者面談の時になんで成績評価が4の項目があるんだって詰められてたとか、ティッシュとハンカチ持たないと野蛮人扱いされるとか」

「ちょっとずつ尾ひれがついてるのなんなんだ……！　成績で怒られたのは4じゃなく3だし、ティッシュとハンカチは身だしなみとしても持てって言われてるだけだよ」

「ご、ごめん。じゃあ厳しいわけじゃないんだね」

「いや、めちゃくちゃ厳しいけど」

「厳しいは厳しいんだ……」

言われてみれば、茉歩の出した話を訂正しただけだった。

「塾通うってことは、どっか志望校があったりするの？」

「ないよ。だから聞いてるんだろ。国立行けとは言われてるけど」

「ひぇ……」

軽い調子の発言に茉歩は思わず身をすくめる。国立など選択肢に入れたことすらない、雲の上の話だった。

「それで、新道の行きたいとこは？」

話の流れ的に言わないわけにもいかず、茉歩はたじろぎながら答える。

「……ひ、日ノ山です」

「日ノ山ぁ？　めっちゃ遠いじゃん。なんでそんな遠いところに」

県は同じだけれど、茉歩たちの中学校がある区とはほぼ正反対に位置していた。

怪訝に首をひねる優希に、茉歩は気恥ずかしさに頬をかきながら答える。

「文化祭が楽しかったから……」

「ああ、規模すごいらしいね。ニュースでやってたの見たことあるよ」

「っ、そう！　文化祭の規模がもう、すごいの！」

日ノ山高校文化祭、通称〝日輪祭〟は県どころか全国でも有数の規模で、来場者数は三万人を超えた年もあるという。

「文化祭で見た美術部の出展作品もすごくレベルが高くてね。美術部の先輩たちにも『絶対うち来てね、待ってるから！』って言われちゃって。それが嬉しくて、だから行きたいんだ」

思い出を恍惚《こうこつ》として語る茉歩に優希は微笑む。が、ふいに眉根を寄せると、

「でもその先輩たち、新道が入学した時には卒業してない？」

「それはいいの！　目指したいってきっかけもらえたことが重要なんだから！」

茉歩の勢いに気圧《けお》されて、優希は苦笑する。

「そ、そっか。頑張れ」

「頑張る！　……けど、わたしより佐原くんの方が頑張らないとだよ。国立なんていくら勉強しても足りないでしょ」

「だよなぁー。絵は受験終わるまでお預けだろうな」

「あ、そっか……じゃあ、この集まりも終わりなんだ」

しゅんとする茉歩に優希がふっと笑う。

「何言ってんのさ。別に絵描いてなきゃ使っちゃダメなんてルールないんだから、夏休み明けからは勉強で集まればいいじゃん」

顔をあげる茉歩に、優希は最良の言葉を紡いでみせる。

「それで受験終わったら、また思いっきり絵描こうよ」

「……！　うん！」

だから頑張ろうぜ、と優希の差し出した拳に茉歩はこつんと自分の拳を合わせた。

その日以降、優希が美術室を訪れることはなかった。

◇◇◇

「……来なく、なった？」

氷の溶けかかったメロンソーダを飲み干した茉歩ちゃんが「うん」とうなずく。

「雰囲気も暗くなったっていうか、ずっと張り詰めた感じになって、ほとんど誰にも話しかけられなくなった」

「……なにがあったんですか」

「わかってたら、ここにいないよ」

力なく微笑む茉歩ちゃんに、私は何も返せなかった。

「別のクラスだったわたしはただの同級生に戻って、こういうのが思い出になっていくんだろうなって思った」

茉歩ちゃんは握った拳を開き、手のひらを見つめる。

「だから入学式で佐原くんを見つけた時、夢でも見てるんじゃないかって思った。実際、話しかけてもわたしのことよく覚えてないような反応だったし。それでも名乗ったら思い出してくれて……嬉しかった」

でも、と呟きが開いた手のひらにこぼれ落ちる。

次いで、雫がひとつ。

「『また一緒に描こうよ』って言ったら、『ごめん』って。『約束は果たせないけど、新道が絵を描いてくれたらすごく嬉しい』とか『絵、できたら見にいくよ』とか、よくわかんないことばっか言われてさ」

それは二つ、三つと増えていく。

受け止めるたびに、手のひらと声の震えは増していく。

「……何を言っても、止められなかった。だって佐原くん、こっちを見てるようで何も見てなかった。悲しそうな目で、どこか遠くを見てるみたいだった」

私は何も言えなかった。誰が何を言えるというのだろう。これは悲劇ですらない。意味も理由もわからず、突如として暗闇に放り出されただけだ。

「それでも、また約束を果たしてもらおうと思ったきっかけがあったんですよね？」

私の言葉に、茉歩ちゃんは涙を拭いながら呟く。

「佐原くんが残したラフを使って絵を描いたことがあったの」

「それって……〝一万二千キロの旅路〟ですか」

「そう。わたしがあれを描いたとき、佐原くんなんて言ったと思う?」

「なんて言ったんですか?」

「『ありがとう、こいつの完成した姿が見たかったんだ』って。わたしなんかに描かせるより、自分で描き直した方がよっぽどましだーって怒らせるつもりで描いたのに」

茉歩ちゃんは遠くない思い出に微苦笑する。

「でも、そのとき確かに聞こえたの。『描きたいなあ』って呟くのが。あの横顔を見て、やっぱりわたしは諦めきれなくなった」

「……だから、文化祭のポスターを」

「うん。わたし美術部と文実の兼任してるから。融通きかせてもらって、あとは描いてくれるまで頼み込むだけ、だったんだけど」

言葉を止めて、くしゃりと泣き笑いの表情をして、

「……わたしじゃ、ダメだったみたい」

一筋、涙がこぼれた。

《6》

忙《いそが》しいという字は、情を亡くすと書く。

つまりは何かを思う暇もないほどやるべきことがあるということであり、「ちょっとダンボール足りないんだけど！」「誰か持ってった？」「小道具班ー、メニュー表のサンプルできたよー」「やべえ！　俺って大工の才能あるかも！」「おいチャコペンないぞチャコペン」「たこ焼き作る練習しようや」「そこサボんな！」

二年八組の教室内は、まさに情を亡くしてしまうほどの忙しさだった。

私たちのクラス、もとい日ノ山高校の生徒は日輪祭に向けての準備期間中であり、皆それぞれやるべきことのために動いている。もちろん私だってそうだ。

「杏ちゃん、立て看板持ってきましたけど、どこに置けば良いですか？」

「さっちゃんありがと〜！　適当にその辺置いて休んでていいよ！」

文化祭準備室から引っ張り出してきた立て看板を手に声をかければ、男子生徒に檄《げき》と指示を飛ばしていた杏ちゃんが輝く笑顔を向けてくる。頬に残るペンキの拭い跡がチャーミングだ。

「まだ元気なので大丈夫ですよ。

それより他に持ってきた方がいいものはないですか？」

「何言ってんの！　さっきから走りっぱなしじゃん。ちょっとは休まなきゃダメ！」

杏ちゃんの言葉に、いつしか優希くんに言われたことを思い出して、苦笑しながら立て看板を預ける。

「じゃあ、お言葉に甘えて飲み物買ってきます」

教室を抜け、放課後とは思えないほど活気づいた廊下を歩く。どこもかしこも来《きた》るお祭りのために趣向を凝らした準備を進めていて、見ているだけで楽しかった。

だからこそ、思う。

「……ゆうきくんもいればもっと楽しいのにな」

私の呟きは誰に聞かれることもなく、高く澄んだ秋空と駐輪場に溜まった落ち葉の隙間に消えていく。そのまま駐輪場前の自販機に向かおうとした、その時だった。

「……ん」

そちらを向いたのはほんの偶然だった。しいて理由をあげるとしたら、吹いてきた秋風に彼女たちの声が乗ってきたのかもしれない。

「……まほちゃんと、久地さん？」

風の吹いた先、体育館下のピロティに二人がいた。文実のTシャツを着て、何ごとか話し込んでいるけれど、流石にここからだと何を話しているのかまではわからない。と思ったら、茉歩ちゃんが東校舎へ向かって駆けていき、姿が見えなくなる。

残された久地さんは後ろ姿を惜しむようにしばらくぼうっと突っ立っていたけれど、首に手をやりながら顔を正面に戻したところで――こちらに気づいた。かくれんぼで鬼に見つかってしまった瞬間のような微苦笑と共に『マジかよ』と口を動かしているのが見えた。足元のダンボール箱を抱えると爽やかな笑みを浮かべてこちらへ寄ってくる。

　とっさに逃げたくなるけれど、小心者はその場で立ちすくむことしかできない。

「もしかしてさっきの見てた？」

　目の前までやってきた久地さんはやっぱり爽やかに片手をあげて話しかけてくる。

「二人が何か話しているのは見えましたけど、何を話しているかまではわからなかったです」

　本当のことしか言っていないのに、言い訳をしているみたいだった。

「そか、なら良かった。で、美澄は何してんのこんなとこで。休憩中？」

「そんなところです。そういう久地さんは……」

「放送委員の手伝いでこれ届ける予定。だったけど、オレも少し休もうかな」

　言いながら隣にやってきた久地さんがダンボール箱の中身を見せてくれる。中にはコード類が雑多に入っていた。

「放送委員の手伝いって言いましたけど、久地さん文実でしたよね？」

「ああ、前も言ったけどオレに文実の仕事はないから、色んな委員《トコ》の知り合いにヘルプ呼ばれたのを回ってるんだ」

「なるほど、クラス外でも人望あるんですね。さすがです」

「んな褒めてもなんも出ねえって。ところで喉渇《かわ》かねえ？　え、渇いた？　だよな。しゃーねえオレのおすすめ奢《おご》ってやるよ」

言うや否や、久地さんが目の前の自販機に駆けていき、なにやら買って戻ってくる。

差し出されたのは一本の缶。

でかでかとした緑のフォントで『爽やか梅&しそ味！　クエン酸で疲れなんて吹き飛ばせ！』と書かれた横では、よくわからない緑色の球体っぽいキャラクターがサムズアップしていた。

「酸っぱいの、お好きなんですね……？」

「いや、糖分制限してる中で飲める一番甘いのがこれなんだ」

「は？」

「うちの陸部、体重管理とかその辺厳しくてさ。とりまこっち来いって」

私は抗議の声をあげる間もなく、流されるまま近くのベンチに並んで座る。

「美澄の感想が楽しみだなー！」

ひとり楽しげな久地さんの横で、おそるおそるプルタブを開ければ、プシュッという音と共に酸っぱい臭いが鼻をついた。思わず顔をしかめれば、久地さんが笑い声をあげる。

「顔やば。ほら、飲んでみ」

「ん……んぐっ⁉」

吐き出さなかった自分、えらい。最初に抱いたのはそんな自賛だった。次いで口内の刺激を脳がハッキリと感じとる。それはしその風味が鼻を抜けていく感覚と、舌の上でべっとりと張りつくような甘味料の甘さ。端的に言って最悪な味だった。

「梅は、どこにいったんですか、これ」

息も絶え絶えになりながらなんとか嚥下する。缶の中にはまだこの液体が半分以上も残っているという事実は考えたくもなかった。

「わかる。梅どこにもないよな」

久地さんは流れるような動作でプルタブを開け、缶を口につけると一気に傾けた。

「くぁーっ！　久々に飲んだけどやっぱくそまじいわこれ！」

「バカなんですか。なんでまずいと思ってるものを飲ませたんです」

「だって普通にジュース渡して普通に話すより、くそまずいジュース渡して『やっぱこれくそまずいよな』って言い合う方が楽しいだろ？」

思わず飛び出た私の罵倒なんてまるで聞こえなかったかのように、久地さんは爽やかな笑顔で言い放ってみせる。

「……もしかしなくても、ロシアンたこ焼き企画したのって久地さんですか」

「え、そうだけど。よくわかったな？」

「ええ、まあ」

色々と納得がいった。第二印象はバカに決定。悪戯《いたずら》好きの大型犬だ。

ジュースは残すわけにもいかず、顔をしかめながらちびちびと飲み進める。対してあっという間に飲み終えた久地さんは、手の中で缶を弄びながら私たちに関連した話題を振ってくる。

「そういえば、ポスターの方ってどうなってんだ？　進んでるか？」

「……ポスター、どうなるんでしょうね」

「どうなるんでしょうね、って。進んでないのかよ？」

「私の方で勝手にデザイン案を組んではいますけど、まともに話せてないので」

今日も、茉歩ちゃんに話しかけることができなかった。以前は私の方が近づかないようにしていたけど、今は違う。茉歩ちゃんが、誰もを避けていた。

授業中や休み時間はずっと机に突っ伏したままか、ぼんやりと窓の外を眺めたままで、杏ちゃんたちも心配していた。

「そのことだけどさ」

「ええ」

「この休日にマホと会ったんだろ？」

「……知ってたんですか」

恋人同士だから当然といえば当然か、と思っていたら久地さんは「いや」と首を振る。

「今日のマホ、おかしかっただろ」

「そうですね。どこかふわふわしていたと言いますか」

「ふわふわは普段からしてるけど、返事も曖昧になることはほとんどない。マホがそうなるのは大抵、佐原と話した後くらいなんだ」

「……！」

「けど、佐原は学校に来てない。なら、佐原について誰かと話したんだろうなって」

久地さんがこちらを見すえる。一切の遊びもない、真摯な視線。

「佐原について、何を話したんだ？」

大半の女子ならこの視線だけで落とせるのでは、と思えるほどだった。けれど、彼がこんな目をするのは一人の少女を想った時だけだ。その相反する事実に、私は身勝手に場違いなロマンチックを感じつつ口を開く。

「ゆうきくんが急にポスター制作を断った理由を知りたくて、まほちゃんから心当たりがないか話を聞いてたんです。結局、何もわかりませんでしたけど」

「なんだ、そういうことだったのか」

久地さんは安堵に表情を緩めて、それからぽつりと言った。

「マホ、佐原についてなんか言ってなかったか」

「なんか、というのは」

何気なく訊ねたつもりだった。実際、答えは何気ない口調で返ってきた。

「中学の頃から好きだった、とかさ」

あまりに淡々としたその言葉に、私は意味を摑み損ねた。

聞き間違いだと思った。あるいは、茉歩ちゃんのような感情の激流の最中、そのうねりの中から選び出した言葉なのだと。

「……どうして、そんなことを？」

問いながら横顔を見る。けど、そこには悲哀などなく、むしろ穏やかな笑みすらあって。

「もしそうなら――その通りにさせてやりたいんだ」

久地さんは静かに、確かな力強さでそう言った。

《7》

活気の合間を縫うように、どこかでカラスの鳴く声が聞こえた。

木もれ日は徐々に濃く、その色を橙色《だいだいいろ》に変えつつある。

「……どういう意味です」

夕日に照らされる久地さんの顔を私はじっと見つめていた。

「どういう意味もなにも、マホが佐原のこと好きだっていうんなら、応援してやりたいってそれだけの話だ」

久地さんはなおも平然と答えてみせる。

「好きな相手の、別の人との恋を応援する……ということですか？」

「まあ、そうなんのかな」

背中を丸める久地さんの手元から、ぐしゃりと缶のきしむ音がした。

そうして歪められた缶から、酸っぱい空気と一緒に本音まで溢れ出たようだった。

「マホは、佐原といる時が一番良い顔するんだよ。女の子みたいな顔っていうか、実際女の子なんだけどさ。二年に上がって初めてあの横顔を見た時、思っちまったんだ。……ずっと無理させてたんじゃないかって。後夜祭のフラッシュモブで大勢の前で告白されて、半ば強制的に返事をするしかなくて、何も言えないままオレに付き合ってただけなんじゃないかって」

久地さんの視線の先、開いた箱の中ではコード類が絡み合っている。

「最低だよな、オレ。こんなこと考えるなんてさ。もうマホのこと好きじゃないのかな。自分でもよくわかんなくなってきた」

そう言って、久地さんは空いた手で頭を抱える。

この横顔を、茉歩ちゃんはきっと見たことがないのだろう。

ため息が出た。悲嘆のそれではなく、もっと単純な。

えも言われぬ感情に支配されてしまった私は缶を握りなおし、深呼吸をする。

そして覚悟を決めると、口につけグッと傾けた。

「んんぐ……んぐ……」

突然の奇行に久地さんが目をひん剝《む》いている様子が横目で見えたけど、そのまま液体を飲み干す。

「おま、急にどうした？」

「……ふぅ、気にしないでください。ちょっとムカついただけなので」

「え、何に？」

口端を拭い、缶を置いて久地さんにビッと人差し指を向ける。

「いいですか、久地さん」

「お、おう」

困惑気味に身を引く久地さんに、私はその分、身を乗り出して言う。

「久地さんは、まほちゃんに恋してるんじゃなくて、愛してるんです」

「……急に意識高い系のインフルエンサーみたいなこと言うじゃん」

私のうさんくささたっぷりな語りだしに、久地さんの口がへの字みたいになる。眉は八の字に曲がっていて、絵描き歌ができそうだった。

「聞いたことないですか、花と愛の話」

「ないよ。花と愛がどうつながるんだ」

久地さんがいよいよわからないという顔になる。けど、話はここからなのだ。

「花が好きだという者はその場で摘んでしまうだろう。けれど、花を愛する者はただ水をやるだろう、というお釈迦《しゃか》さまの話です」

「いやわかんねえわかんねえ。どういうことだ？」

「まほちゃんのことが好きじゃないから他の人に向かって背中を後押ししようとしたんじゃなくて、好きだからこそ、その背中を後押ししようとしてるってことです」

「そう……なのか」

久地さんは宙空をにらみながら、私の言葉をなんとか呑み込もうとしているようだった。この素直さは流石の性格の良さだ。優希くんだったら「そうかぁ？」などと言いながらずっと首をひねって翌日には痛めていたはずだ。

「心意気自体はすごく良いものだと思います。けど、もっと他にやるべきことがあります」

「やるべきこと？」

首をひねる久地さんに、私は前へ向けた人差し指を立てながら言う。

「今言ったことを正直にまほちゃんに言うんです」

「……できねえよ、それは」

ふっと、久地さんの表情が消え失せる。

それでも私はあきらめない。

「できるできないじゃありません。どんなに仲の良い恋人同士だって、言わなきゃ伝わらないことはありますす。家族ですら、伝わらないことはたくさんあるんですから」

久地さんが首を縦に振るまで、何度でも言ってやるつもりだった。

「まほちゃんにはまだ言ってないんでしょう？　それなら、」

けれど、返ったのはたった一言。

「言った」

「…………え？」

花畑に突然、錆《さ》びた槍《やり》が突き刺さった。そんな感覚だった。槍から出た錆《さび》はみるみるうちに土壌を浸食していって、花を枯らしていく。

そんなイメージばかりが先行して言葉の意味を理解しきれていない私に、久地さんがとどめを刺す。

「もう言ったんだよ。さっき見てないかって聞いたのは、そのことだ」

思い出す。体育館の下で駆けていく茉歩ちゃんの後ろ姿。あれは、あの背中は。

記憶の中、校舎の中へ消えていくその横顔に、光粒が見えた気がしたのは。

「ついさっき佐原から連絡があって、自分のこと考えてる余裕ないって言われちまった。なんか家が大変なことになってるらしい……けど、オレにはよくわかんねえ」

久地さんはその表情に苦悶《くもん》を浮かべながら頭を抱える。

「ゆうきくんから、連絡が……」

その時、ポケットが震えた。短いバイブレーション。

ぞっと、私の背筋までもが震える。

「……なんで、今」

これは、悪い夢なのだろうか。あるいは、質の悪いドッキリに巻き込まれているのか。

おぼつかない手つきで携帯端末を取り出し、アプリのチャット欄を開く。

そこにあったのは、毎日生存確認をしても既読すら付かなかった優希くんからのメッセージ。

佐原優希：『ずっと未読無視しちゃってごめん』

私が既読をつけるのを待っていたかのようなタイミングで、新しい通知が届く。

佐原優希：『母さんが』『帰ってきたんだ』

気づけば、通話ボタンを押していた。

夢なら醒《さ》めてほしかった。このコール音は実は私の目覚ましのアラーム音だったりしないだろうかなんて、逃避思考ばかりが脳内に氾濫する。

いっそこのまま出なければいいのに、なんて思った瞬間だった。

コール音が途切れ、微《かす》かなノイズに変わる。……通話が、繋がった。

「ゆうきくん？　聞こえてますか⁉」

ほとんど叫ぶように呼んでいた。もはや縋るような声ですらあったと思う。

『聞こえてるよ』

返る声は平静だった。

「……っ」

こんな時なのに、声の近さに胸が高鳴って息を呑んでしまう。

「今まで、なにしてたんですか。塾にでも泊まり込んでたんですか」

『塾は体験に行っただけだって。まだ入ってすらないよ』

苦笑交じりの吐息が電波越しに耳朶《じだ》をくすぐる。

聞く限りでは、以前と何も変わらないように感じられた。

「じゃあ何してたんです。いつものサボりですか」

『母さんの付き添い。いまメッセージ送ったでしょ』

向こうから触れてくるとは思わず、言葉に詰まる。

「……そのことなんですけど」

せめて声が震えないようにするので精一杯だった。

「私、まほちゃんから中学時代のゆうきくんのこと聞いたんです」

『ああ、新道から聞いたよ。結構仲良くなったんだってね。それで？』

「それで……もし、違っていたらごめんなさい」

『うん』

「ゆうきくんが絵を描くのをやめたのって、お母さんが原因なんですか」

親に絵を描くのをやめさせられた。

茉歩ちゃんから聞いた優希くんの中学時代、それ以降のいくつかの変化、現在の状況を組み合わせた上で考えられる私なりの仮定だった。

否定してほしかった。真実はなんてことなくて、しょうもない勘違いが積み重なってしまっただけなのだ、と。けれど、優希くんは平然と肯定した。

『まあ、原因といえば原因かな。

察しの通り、受験勉強のために筆を擱《お》いたのは事実だし』

思わず唇を噛む。脳裏に過るのは〝游々たる〟の広大で深遠な海の景色だ。

あれだけの絵を描ける人が、筆を擱いてしまった。

そして、再び筆をとるかもしれなかったのに。

「ポスター描くのをやめたのも、お母さんに何か言われたからですか」

この期に及んで間違いであってくれと願う私の耳に届く、『いいや？』という声。

『謝られたよ』

「……あやま、られた？」

私の声から不理解を汲《く》んでくれたのか、世間話の延長線上のような平然さで語る。

『今までのことを謝罪した上で、もう一度だけ家族として過ごすチャンスをくれないかって言われたんだ。僕はそれを受け入れて、まだ万全じゃない母さんに家族サービスも兼ねて付き添いしてる。だからポスターを描けない原因が母さんだって言い方もできる、って感じかな』

説明されても、完全には呑み込みきれなかった。

ただ、知りたいのは一つだけ。

「じゃあ戻ってきたら、ポスターは描いてくれるんですか」

『いや、描かない。そのことを伝えたくて、』

「……なんで」

もう優希くんが絵を描くのを拒む人はいない。なのに、どうして。

『絵のことであれだけトラブったからね。もう一度トラブる可能性を消すためなら、完全に筆を折るのもありかなって。それにもっと根本的な話だけど――』

私の声に対して答えるのは、何かを大切に包むような、優しい声音。

『白紙の人間に、絵は描けないんだよ』

いつか、どこかで、まったく同じ言葉を聞いた覚えがあった。

混乱する思考の中、答えにたどり着く。

私が通常登校に復帰した初日。生徒指導室でポスターについて話した時だ。

「白紙の人間って、前も言ってましたよね。どういう意味なんですか」

通話の向こうで、ふっと微笑《わら》う気配がした。

『覚えてたんだ。なら前も言ったはずだよ。意味のないことだから気にしないでって』

「それならこうして話す意味もないでしょう」

『じゃあささやかにとっては意味があるってことだ』

堂々巡りの会話に、唇を噛む。

何かがそこにあるはずなのに、摑めない。

胸が潰れそうだった。

「なんで、そんな突き放すようなこと言うんですか。

私が絵を描くためならなんだってやってやるって言ったのは嘘だったんですか」

『……ごめん』

違う。

聞きたいのは、そんな言葉じゃない。

「私はっ……ゆうきくんが隣にいてくれるって思ったから、あの部屋を出たんです」

ただ、もう一度約束してほしいだけなのに。

「ゆうきくんの絵を見るために……！

あなたを見るために、この目を開いたんですよ！」

どうにもならなくて、祈るように言葉を発することしかできなかった。

そんな私の耳に、優希くんの声が届く。

くぐもって聞き取りにくい声。けれど、確かに聞こえた。

『だったら、その目で見つけてくれ』

待ってるから。そう言い残して通話は切れた。

ぼう然と通話終了の画面を見つめても、もう電話がかかってくることはない。

「佐原、なんて言ってたんだ？」

横で見守っていた久地さんが声をかけてくれるけれど、無言で首を振ることしかできない。今ばかりは、語る言葉も聞く耳も持てる気がしなかった。

先ほどの声が脳内をリフレインする。

――――いや、描かない

――ごめん

優希くんが発した否定的《ネガティブ》な言葉。自分に向けられたものではないとわかっているのに、まるで自分が突き放されてしまったように感じられる。

ただそれだけで、どうしようもないほどの不安感が全方位から押し寄せてきて、思わずぎゅっと目をつむる。けれど気持ち悪さはおさまらないどころか、加速するように身体を蝕《むしば》む。

たまらず身体を折る。呼吸が苦しい。口の中が乾いて、肺腑《はいふ》が蠕動《ぜんどう》している。世界から音が遠のく。私を呼ぶ久地さんの声も、どこかぼんやりと響いて聞こえた。もう意識を保っていられないというところまできたその時、ふいに浮遊感を感じた。なにか焦げたような臭いをかすかに感じたけれど、その正体にたどり着く前に私は意識を手放していた。

《8》

ヴーン、という低い駆動音で目を覚ました。二度ほど瞬きをしてみれば、カーテンレールと空調設備の一部が目に入る。次いで、シロアリに食い荒らされたような天井の模様を認識したところで意識が完全に覚醒し、飛び起きた。

「お、起きたか」

布団を跳《は》ね除《の》けた音に気づいてか、カーテンをめくって顔を見せたのは木谷先生だった。奥には見覚えのあるデスク。私が寝ていたのは保健室のベッドだった。

「気分はどうだ？」

木谷先生は常の剽軽《ひょうきん》な笑みを潜め、真面目な表情でこちらを見下ろしている。

「大丈夫、です」

「そうか。なら、落ち着いて聞いてほしい。

美澄さん、君が眠っている間にとてつもないことが起きた」

「え」

固まる私に、木谷先生は厳かな声音で告げる。

「なんとだな、俺のタバコが切れた」

「…………」

もはや真面目に反応する気すら起きなかった。悲しげに加熱式タバコをフリフリしているのをスルーして時計を見れば、こちらの視線から意思を汲み取ったようで、

「寝てたのはせいぜい三十分。白雪姫みたく眠りこけてたわけじゃないから安心しな」

「私のことは誰が運んでくれたんですか」

「俺だよ俺。でっかい声が聞こえてヤジウマしてみたら、そこのベンチで美澄さんがぶ

っ倒れてるもんだから、久地くんと一緒に慌てて連れてきたんだ」

木谷先生が後ろ手に親指で示す窓の先。レースカーテンの向こうに、体育館前の空き地と先ほどまで私たちがいたベンチが見えた。あの時の焦げた臭いは加熱式タバコだったのだ。

「それは……ありがとうございました」

「いやいやなんの。俺より久地くんに声かけてやんな。『全部自分のせいです』ってめっちゃ申し訳なさそうな顔して委員会に向かってったから」

「え、どうして久地さんのせいに？」

お門違いの発言に首をかしげれば、木谷先生も同じ角度で首をかしげる。

「なんか劇物じみたジュース飲ませられたんだろ？

どう考えてもあれ一気飲みしたせいだって、しょげかえってたぜ？」

思わず天を仰ぎそうになる。後で勘違いだってきちんと伝えないと。

「あのジュースは関係ないんですよ。劇物じみてたのは、そうなんですけど」

「なんだ。じゃあ何があったんだ」

「それが――」

◇◇◇

私の話を聞いた木谷先生はあごを撫でながら、神妙な顔つきで言う。

「これまでは優希が一緒にいたからなんとかなってただけで、美澄さんの精神はまだ不安定だったたってことだぁな」

難儀なこったとぼやく先生に、私はむっとなって言い返す。

「別に、そんなことないですよ。たとえそうだとしても、ゆうきくんがいれば問題ありません」

「いないから問題になってるんだっての。ずっと一緒にいられるわけじゃないんだぜ」

「ゆうきくんはずっと一緒にいてくれるって約束してくれました。それなのに、こんな時にお母さんが帰ってくるだなんて間が悪すぎます」

本来なら、優希くんのお母さんが帰ってきたところで問題なんてないはずだった。

想定外だったのは、たった一枚のポスターを優希くんに描いてもらうのに積年の想いを懸ける少女がいたこと、そして少女の想いに揺れ動かされる少年がいたこと。あるいは、私だってそうだ。佐原優希という一人の少年に、振り回され続けている。

もはや優希くんだけの問題じゃない。けど、他ならぬ優希くん自身の問題がすべての障壁となっている。言っても詮無い話だけど、なんでこのタイミングなのと愚痴の一つもこぼしたくなる。

けど、それを否定する声が一つ。

「あぁ、それな。間が悪いとかじゃないぞ。優希の御母堂《ごぼどう》は俺が呼んだんだ。どうか息子さんに向き合ってやってください、ってな」

「…………………え？」

耳を疑った。

「なん、で？　というか、そもそもどうやって……」

固まる私に、木谷先生は笑みを深める。

「学校で管理してる個人情報に保護者の連絡先が記載されてるだろう？　あれだよ。あいつの家庭についてては話を聞いてたから、記載されてる連絡先が父母のどっちかなんて調べる必要もなかった」

「……職権乱用じゃないですか、それ」

「世間的に見たらそうだろうな。俺としては然るべき使い方をしたと思ってるが」

バレたら全国デビューは確実だろうな、と言いながら肩をすくめてみせる。

「なんで……？　そのせいでゆうきくんは……」

麻痺《まひ》する思考の中、私は子どものように問うことしかできなかった。木谷先生は向かいのベッドに腰かけると、何かを誦《そら》んじるように宙空を見やる。

「東大を目指すような子たちの中にはな、小学生時点から大学受験に向けた教育を施されるような子もいるんだ」

「？　何の話を――」

「小学校低学年の時から塾に入り、放課後にクラスメイトたちと遊ぶこともなく、家でもゲームやアニメは禁止。インターネットにもろくに触れられない。そんな環境で勉強漬けの日々。

　中学一年生から高校受験の勉強をして全国トップクラスの偏差値の高校に行く。そしてまた高校一年生から大学受験の勉強をするんだ。十年近くかけて、日本最高峰の大学に入る。ただそれだけのために」

　木谷先生は戯《おど》けるように両手を広げて笑う。

「異常だと思うだろ？　実際異常だ。あとで身辺を調査してみれば、その親こそが受験に失敗していたりするんだよな」

「それがゆうきくんのお母さんだってことですか」

「いや？　優希の御母堂はお嬢さま学校をエスカレーター式で昇っていった純粋培養のお嬢さまだよ」

「じゃあ誰の話なんですか」

「俺の親友」

「……はぁ」

またいつものおふざけかと思ったけれど、木谷先生の話はそこで終わらなかった。

「超がつくほどのガリ勉でな、いっつもふてくされたようなツラしてやがった。けど話してみたら案外面白いやつだった」

懐かしむように、目を細める。

「魚が好きだってんで、一度無理やり釣りに連れてったことがあってな。頭いいやつって要領もいいもんでさ、教えた俺より多く釣るんだよ。大層ご満悦だったみたいで、大学行ったらまたやろうって、そこで初めてそいつの笑顔見たんだ」

「その話し振りだと約束は叶わなかった、っていうパターンですけど」

話の終着点が見えなくて言外に結論を求めたら、木谷先生はおうと首肯する。

「高校三年で自殺未遂した挙げ句、中退していった。いまはどこで何してるかもわからん」

木谷先生は言いながら加熱式タバコを取り出して、けれど中身を切らしていることを思い出してため息を吐きながらしまいなおした。

「俺は事《こと》が起きるまでまったく気づかなかった。そいつの抱えてるものを一緒に背負おうとせず、ただ目を背けて気晴らしだけさせようとしてたバカ野郎だったんだ。

そのバカ野郎はどうしようもない後悔を抱えたまま、お門違いな贖罪《しょくざい》のためにスクールカウンセラーになり、そいつとまったく同じ目をした少年に出会った」

壮絶な事実に言葉が出なかった。

おかげで、最後の最後に話が繋がったと気づくのに数瞬を要した。

「俺はこのために生きてきたんだと、教職の本分超えてかまいまくったね。どうすればこいつの瞳に光を灯《とも》せるかと、そればかり考えていた。けど、何をしても効果がなくて、お手上げ状態。そんな時だった――君がやってきたのは」

そう言って私を指さす木谷先生は、含みのある笑みを浮かべていた。

「正直なことを言うと、俺は君が優希に会ったところで、何も変わらないと高をくくっていた。理由は単純、君じゃああいつの心を動かすには足りないと思ったから」

言われて理解する。いまの笑みは、私にも、先生自身に対しても向けた嘲笑だった。

「……私もゆうきくんと再会するのが私じゃなければ良かったのにって思いましたよ」

なんなら今でも思っている。

それでも会えて良かったと、同じくらい強く思う私もいた。

「でも、結果から見れば大正解だったわけだ。俺は似た者同士で好影響があればと、それくらいの気持ちだったが、美澄さんは目を開けて外の世界を見るようになり、優希はそれに触発されて、自分でも描いてみようかと思ったなんて俺に話してくれた」

「……だから、お母さんを呼んだんですか」

「そうだ。今ならお互い向き合えるだろうってな」

平然と言葉を結ぶ木谷先生が、今だけは憎かった。

私は胸の内からせり上がる思いをぶつけるしかなかった。

「そんなのっ……余計なお世話じゃないですか！

おかげでゆうきくんが絵を描かなくなったらどうするんですか！」

今ならわかる。あれだけ私に絵を描かせようとしたのは代替行為だったのだ。本当は絵を描きたくて仕方なかった。けれど描けない。だからあれだけ寄り添ってくれた。


『世界はこんなに素敵なんだって、あたしの代わりにちゃんと描いて証明してよ』


いつかの声が、脳内で反響する。

それは一年前の約束。まるきり同じだった。まだ果たせていないけど、だからこそ優希くんは隣に立ってもう一度筆をとろうとしてくれた。それなのに。

「そんなに睨まないでくれよ。御母堂との再会は優希ボーイ自身の望みなんだぜ？」

「ゆうき、くんの……？」

唐突な言葉に胸の内の炎が一瞬でかき消される。

もしかしたらなんて、考えることすらなかった絶無の仮定だった。

「いつだったか『母親に会えるなら会いたいか』って質問をしたことがあってな。優希は『会えるならそりゃ会いたい』と言った。『そんな資格は自分にない』ともな。なら、代わりに誰かが用意してやらなきゃだろう？」

木谷先生の瞳には揺るがぬ光が宿っていた。その光に既視感を覚えて、いったいなんだろうと考えた末、私を見つめる優希くんの視線だと気づいた時、私は何も言えなくなっていた。

「話をした上で、両親と決別することになった原因である絵を封印して、普通の家族になると本人が決めたのなら、俺はそれでいいと思ってる」

私の脳裏には、つい先ほど久地さんに言った言葉が浮かんでいた。

――花が好きだという者はその場で摘んでしまうだろう。けれど、花を愛する者はただ水をやるだろう。というお釈迦さまの話です
久地さんは、手元にあったはずにもかかわらず、花を土に戻して水をやろうとした。対して私は、離れようとする花にみっともなく縋りつき、手元にひき戻そうとしている。それこそ、私にはそんな資格なんてないのに。

情けなさに、鼻の奥がつんと痛んだ。視界が歪み、生温かい感覚が頬を伝う。

この涙を拭うために目をつむったら、二度と開けられない気がした。

けれど、涙の止め方が、今の私にはわからない。
袋小路《ふくろこうじ》にますます涙をこぼす私に、木谷先生がたまらずといったように苦笑する。
「そう泣くなって。これは優希に対しての話だ。
美澄さんがどう思うかまで口出しするつもりはないよ。そんな権利もないしな」
差し出したハンカチで私の頬を拭いながら、木谷先生は穏やかに告げる。
「前も言っただろ。大事なのは〝美澄さんがどうしたいか〟だ」
「私が、どうしたいか……」
鼻をすすり、震える胸を押さえながら、自問する。
導かれるように、最初から決まっていたかのように、とある声が脳裏で再生された。
――だったら、その目で見つけてくれ
待ってるから、と言っていた。
それが、本当なのだとしたら。

《9》

家に帰って風呂にでも入りながらゆっくり考えな、と促されて学校を出たけれど、どうにもまっすぐ帰る気にはなれなくて、私は寄り道をした。

所々が記憶と違う住宅街を歩き続ける。優希くんに連れてきてもらった公園も、単調なラッパ音を鳴らす豆腐販売車ともすれ違いながら素通りして、坂を下る。

そうして、緑道に入った。

さわさわという小川のせせらぎや木々の葉擦れで、街の喧騒が一気に遠のく。上を見れば、木々の隙間から空が覗ける。懐かしさに思わずほうっと息を吐いた。

引っ越す前、嫌なことがあった時はこの緑道をよく歩いた。緑道の中を無心で歩いている間は、嫌なことを考えずに済むから。

そうして歩き続け、緑道を抜けた時には、嫌な気持ちは無くなっている。

ルーティーンを信じて、私は緑道を歩き出した。

けれど、どうにも調子が違う。ずっと頭の中がぐるぐるしている。

その違和感に心のどこかで勘付きながらも、明確にさせられるほどの精神的余裕はなく黙々と歩き続けた。薄暗くなっていく緑道で、気づかぬうちに思考も暗くなっていく。

なぜ、という疑問が胸の内に渦巻いていた。いったい何が〝なぜ〟なのか、それすらもわからなくなってくる。今、何をしているのか、わからない。

自分が千里の果てを目指す求道者のように思えた。

何に苦しんでいるのか。なぜ、苦しまなければいけないのか。

逃げてしまってもいいと、無機質な声がどこかでした。いつかの自分が、耳元でささやいている。鬱陶しいことこの上ないけど、なぜだか恐怖は感じなかった。

ふいに、音が一気に入り込んできて顔をあげる。

いつの間にか緑道を抜けてしまっていた。もう一本向こうに行けば、駅前に続く大通りだというのに、目の前の交差点には車が二台ほど信号待ちをしているばかりだった。

気分は緑道を入る前とまったく変わらない。どころか悪くなっている気がする。けど、これ以上どうしたらいいか見当すらつかない。立ち尽くす私を世界が待ってくれることはなく、信号が青に変わる。仕方なく、一度家に帰るかと歩き出そうとしたところで、対角線上にある店が目に入り、立ち止まる。

その店は、深葉色の看板に白文字で『Ｃｒａｎｅ』と書いてあった。


ドアノブを引けば、からんからん、と軽い鈴の音が鳴った。おそるおそる中に入れば、カウンター内で真っ白な磁器の手入れをしている人が見えた。なるほど、優希くんの言う通りの容姿だ。彼もすぐこちらに気づいたようで、顔をあげる。

「おや、お嬢さん。久しぶりだね」

少し驚いたように目を丸くして、けれどすぐにっこりと微笑んでくれた。

「こんにちは……鶴丸さん」

ぺこりと頭を下げれば、彼――鶴丸さんが正面の席を示してくれたので、そちらに座った。

「今日は一人かい？」

「は、はい」

「そうか。じゃあちょいと待っててな」

鶴丸さんは外に出ると、置き看板を裏返し、ドア前のカーテンを閉めてしまった。

「え、お店。閉めちゃうんですか」

もしや閉店間際だったのでは、と思わず席を立ちそうになる。

「せっかくのお嬢さんとの時間を余所様《よそ》に邪魔されるわけにはいかないだろうて」

そう言って、鶴丸さんはウィンクをしてみせた。すごく様になっていて、昔はモテたりしたんだろうかと、そんなことを考えてしまう。

「さて、再び来てくれたことを祝って今日はご馳走《ちそう》しよう。お好みの豆はあるかな？」

慣れた手つきで準備を始める鶴丸さんに、私は身をすくめながら告白する。

「実は……コーヒーを飲んだことがなくて」

「なんと、そりゃいかん。早急に取りかからなくては」

口をへの字に曲げた鶴丸さんがコーヒーを淹れ始める。その仕草には淀みがなく、それでいて余裕が溢れていて、優雅さすらあった。

気づけば、目の前には一杯のコーヒーが差し出されている。

「こういうのはシンプルに一番良いものを飲むのが良い。ということでブルーマウンテンだ。お気に召していただけますよう」

どうぞと促されるまま、コーヒーを口に運び、一口飲んだ。

未知の味に、上手く形容する言葉を持てないけれど、確かに言えることはひとつ。

「……苦いです」

私の言葉に、鶴丸さんは深く微笑んだ。

「そういうものさ。けど、よく舌を凝らしてごらん。苦味だけじゃなく、何か感じ取れるはずだ」

その笑みに押されるようにもう一口飲む。やっぱり苦い。けど、すぐに飲むのを我慢して味に集中してみれば確かに感じ取れるものがあった。

「ほんとだ……ちょっとだけ甘い。あと、酸っぱさもありました」

「そうだろう、そうだろう。基本的には苦い、けれどそれだけじゃない。人生と一緒さね。良ければこのマフィンも一緒にどうぞ。コーヒーによく合う」

差し出されたプレーンマフィンは素朴な味わいで、口の中でほろほろと生地が溶けていく。口の中が甘くなったところでコーヒーを飲む。苦味が口内の甘みごと、頭と心にかかった霧をまとめて晴らしてくれるような気がした。

「そういえばお嬢さん、名前はなんと言ったかね」

私が一段落したのを見て、鶴丸さんが声をかけてくる。

「美澄です」

「ああそうだ、そんな名前だったか。

ずいぶんと見違えたものだからとんでしまったよ」

「見違えた……ですか。確かにそうかもしれません。

あの時は、ホントに荒《すさ》んでいたので」

思い出して、今さらながら恥ずかしくなってくる。見た目に気を使えるような状態じゃなかったとはいえ、優希くんと訪れた時は特に酷《ひど》かった。

「いまはどうかな」

「すごく良くなったと思います」

「そうか。それは良かった」

そうして、鶴丸さんは少し離れた位置でカウンター内の道具を片付け始めた。

店内には穏やかな空気が流れていて、私の気分まで弛緩《しかん》する。

そうして落ち着いたおかげで、思考する余裕が生まれた。

「鶴丸さん。聞きたいことがあるんですけど、いいですか」

「ん、なんだい」

「好きな花はありますか」

「好きな花？　佐原くんみたいなこと聞くねえ。まあ、あるよ。ダリアかな。あの花弁《はなびら》の段々が好きなんだ」

「じゃあ目の前にダリアがすごく綺麗に咲いていたら、鶴丸さんは持ち帰りますか。それともお世話しますか」

その質問に、さすがの鶴丸さんも面食らった様子を見せた。

「綺麗にっていうのは、どれくらいかね。これまでに見たことがないくらい？」

「はい。散歩の途中、人生で一番、これ以上はこの先ないだろうって確信できるほど見事に咲き誇ったダリアを見つけるんです。持ち帰りますか。それとも、その状態が長続きするように水を与えますか」

「……ふむ」

鶴丸さんは腕組みをして考え込む。

私は静かに答えを待った。まるで、審判を待つ罪人のようだった。

答えを待ちながら、考える。

はたして、どちらなら良いんだろうか。あるいは、こうして他人に委ねている時点で救い切れない愚者に成り果てているのか。

それでも、今は答えを待つしかなかった。

自らの答えが一人の人間の行き先を天国と地獄にわけてしまうかもしれない、などとは知る由もない鶴丸さんは唸りながら、ぽつりと言った。

「描いてしまうかなあ」

「描い、て……？」

晴れた頭と心に、霹靂《へきれき》が落とされた瞬間だった。

「せっかく描ける手があるからね。この先見られないくらいのものなら、描いて残すよ。本来、絵とはそういうものだ」

ぼう然とする私に、鶴丸さんはにっこりと笑ってみせた。

「しかし、どうしてそんなことを聞くんだい？

特に意味がない、とは流石に思えないが」

鶴丸さんの問いに、私は抱えていたモノをこぼす。

「実は……今のゆうきくんは、絵を描けない状態なんです」

「！　なんと」

「描いてくれるかもしれないってところまではいきました。けど、そのタイミングで絵を描かなくなった原因であるお母さんが帰ってきて。仲直りのため、普通の家族になるために絵を描かなくなっちゃうかもしれない。私は、絵を描いてほしいけど、無理やり花を手折《たお》ろうとするのと同じことなんじゃないかって、そう思ったら……」

それ以上は、声が震えて続けられなかった。

うつむき震える私の肩に、そっと手が置かれる。

「安心しなさい。君の願いは、無理やり花を手折る行為などではないよ。彼が完全に筆を折ることはないからね」

「……どうして言い切れるんですか」

私の問いに、鶴丸さんはにやりと笑みを浮かべる。

「彼と別れる最後の日の送別会で、彼が『いつか絶対あんたより上手くなってやる』と言い出してきてな。『じゃあ儂《わし》より多く描かなきゃな』とふっかけたら『あんたより長生きするから描ける』と返してきたんだ。『自分は酒もタバコもやらないから絶対長生きする』ってな」

傑作だろう、と禿頭をペチペチ叩き、鶴丸さんは大笑する。

「それにな。儂がそうだからわかるが、彼は同類だよ。

あれは、画家が職業ではなく、生き様になっている人間だ」

そう言って好々爺然《こうこうや》とした笑みを浮かべる様は、どこか凄絶ですらあった。

「ゆうきくんが鶴丸さんをリスペクトしていた理由がわかった気がします」

画家としての一面を垣間見《かいまみ》て笑う私に対し、鶴丸さんは子どものようにいじけた表情を浮かべる。

「話聞いてなかったのかね。ことあるごとに突っかかってきたクソガキだぞ。リスペクトもくそもあるものかよ」

「少なくとも私の前ではありましたよ。鶴丸さんの言っていた、血潮と泥の見分けさえつかないなら、っていう発言を引用して私を励ましてくれましたし」

私の言葉に、鶴丸さんはふっと表情を消した。

「……なら、こんなジジイに共感できてしまえるなにかが、彼にもあったんだろうな」

鶴丸さんなら笑うと思っていただけに、その反応と発言は私の中に重たく響いた。

「共感できてしまえる、なにか……」

呟きながらそちらを見れば、哀愁を含んだ視線に射抜かれる。

「閑話になって申し訳ないが、あれだけたくわえていた髪を切ってしまったのは何か理由があるのかね？」

「あれは伸ばそうと思って伸ばしていたわけじゃなくて、髪を切りにいけなかっただけなんです。私は短い方が好きなので、切れるようになったからバッサリと」

「そうかあ。儂としては髪があるだけで羨ましいんだが」

なんとも反応に困る発言だった。

「というか、これだけ髪切ったのによく気づいてくれましたね」

「そりゃあ美澄さんの顔は髪型変わったくらいで忘れんだろうて。まあ名前は忘れちまったが」

「でもゆうきくんは気づいてくれなかったんですよ。おかしいですよね、そんな、の……」

それは一つの違和感から生じた、思いつきの可能性だった。

「おわ、急に立ち上がってどうした。手洗いならそっちだよ」

急に立ち上がった私に目を丸くしながら鶴丸さんが奥を指し示すけれど、私は否定すらできなかった。脳内を駆け巡る、これまでの優希くんとのやりとりを整理するのに必死だった。

思考が加速していくのがわかる。やりとりの一つ一つがパズルのピースとなって、一つの可能性によって一点に集束していき――――はまりきった。

「……そういうことだったんだ」

いても立ってもいられず、私は視線を鶴丸さんに向ける。

「鶴丸さん」

「お、おう」

「私、やらなきゃいけないことができました」

若干怯《おび》えていた様子の鶴丸さんは、にっこりと微笑んでくれる。

「それは良かった」

失礼します。と一礼してドアを開けたところで、言い残したことを思い出した。

「あのっ！」

カウンターに舞い戻り、バンと乗り出す勢いで手をつく。

「私っ、友だちと文化祭のポスター描くんです」

「お、おおう」

のけぞる鶴丸さんに宣言する。

「凄《すご》いの見せるので、ぜひ見にきてください」

呆気《あっけ》に取られていた鶴丸さんはやっぱり微笑んで、

「天地神明に誓って、行かせていただこう」

その答えに、私は満足して今度こそ『Ｃｒａｎｅ』を後にする。

後ろを振り返りながら、挨拶は忘れずに。

「コーヒーごちそうさまでした！」

◇◇◇

次の日の朝。私は茉歩ちゃんを生徒指導室に呼び出していた。

「……こんな朝早くにわざわざ呼び出してする話ってなに」

茉歩ちゃんはどこか遠い目でこちらを見やる。化粧をしない茉歩ちゃんは目の下のクマもそのままで、誰の目から見ても調子が悪いのは明らかだった。無論、原因は昨日の出来事だ。

「わたし、委員会の集まりあるんだけど」

どこか投げやりな口調で、乗り気でないと遠回しに主張してくる。

「まほちゃん。私、わかったことがあります」

私はまっすぐに茉歩ちゃんを見すえて言う。

「まほちゃんの、ゆうきくんへの感情の正体」

初めて茉歩ちゃんの表情が動く。

それは彼女にしては極めて珍しい、はっきりとした不快感情の発露。

「わたし自身にすらわからないことが、さっちゃんにはわかるっていうの？」

「わかります」

「ふうん。じゃあ、何？」

茉歩ちゃんが優希くんへ向ける感情。

それを言葉に表すなら――――

「――――〝推し〟です」

「……………………おし」

空気の抜けるような声だった。

「推しです。まほちゃんは、ゆうきくんのファンなんですよ」

固まる茉歩ちゃんに、私は「いいですか」と一歩詰め寄る。

「考えてもみてください。男性アイドルのオタクでも、彼氏や夫のいる女性はたくさんいますよね？　それで何か言われたりしますか？　言われませんよね？　その推す対象がアイドルから同級生の友だちゼロ人系少年画家に変わったところで、なんの問題がありましょう？」

「え、ええっと？」

「上手く伝わりませんでしたか？　じゃあ例えで考えてみましょう。まほちゃんがアイドルオタクだとします。そして周囲の理解ない人たちにこう聞かれます。『あの人のこと好きなの？』――当たり前じゃないですか、推しなんですから。『あの人と付き合いたいの？』――中には付き合いたいという人もいるでしょうが、みんながみんなそうじゃありません。推しに認知されたくない、なんていう人もいるくらいです。その観点で言えば、まほちゃんは後者寄りです。ほら、何にも悩むことはありません」

「…………ほあ」

茉歩ちゃんの思考が完全にショートしていた。

好機を得たりと、私は勢いでたたみかける。

「ある人が言いました。『推しにはずっと元気でいてほしい。推しを持つ人間なら、十人中十一人がそう思うだろう』と」

「一人増えてない？」「まほちゃんが入ってますから」「……あはは」

引きつるような苦笑だった。

けれど私はかまわず、茉歩ちゃんの両手を握る。

「まほちゃん、推しには元気でいてほしいですよね？」

「えっ、と……」

「ほしいですよね⁉」

「う、うん！」

「推しを自分が元気づけられるなら、それ以上の喜びはないですよね⁉」

「な、ないと思います！」

「…………」

「ないですっ！」

最後はもはや半泣きだった。かわいそう《かわいい》。

「まほちゃんならそう言ってくれると思ってました」

私はこれ以上ない笑みを浮かべたつもりなのに、なぜだか茉歩ちゃんはぶるぶると震えて怯えきっていた。

「な、なにするつもりなの……？」

涙目の茉歩ちゃんに、私は浮かべた笑みを不敵なものに変えて言う。

「文化祭のポスターを描くんです。今から」

「……ふぇ？」

疑問符を頭の上にいくつも浮かべる茉歩ちゃんの腕を引いて、生徒指導室を出る。そうして画材の揃った自宅へ向かって歩き始めたとき、ようやく茉歩ちゃんの理解が追いついたらしい。

「あのっ、ちょっと、はなしてぇ！　せめて諸々《もろもろ》の準備をぉっ！」

早朝の校舎に少女の叫喚《さけび》が響く。けれど、文化祭準備で賑《にぎ》わっている生徒たちには喧騒の一部だと思われ、その一部として儚く消えていった。

それから、私と茉歩ちゃんは学校を三日ほど休んだ。

◇◇◇

どこかで笛の音が聞こえるような気がして、目を開けた。

「世界の終わりみたいだ」

目の前にあったのは、赫々《かくかく》とした炎原じみた夕焼け空。

地獄を天上に映し出したかのようなそれは、まるで黙示録のラッパによって世界の終わりが訪れたようでセンチメンタルな気分にさせられる。そのせいだろう、くだらない呟きが続く。

「本当に終わっちまったら楽なのにな」

望んでもないくせに終わり際のことを考えてしまう。世界の終わりに、自分は何をするだろう。何がしたいだろう。

さほどの時間を経ず、答えが出る。

「……会いたいな」

着信音が鳴り響いたのは、その時だった。携帯端末の画面を伏せたまま、握りしめる。

相手が誰かなんて、名前を見ずともわかっていた。

深呼吸を一度する。そうして、通話のボタンを押した。

「もしもし」

『お久しぶりです、ゆうきくん。今、お暇《ひま》ですか』

「暇か暇じゃないかで言えば、暇かな」

『良かった。なら、一度どこかで会えませんか。少しお話ししたいんです』

「……断るって言ったら？」

沈黙が降りる。懐かしい空気に、いつしかの日々を思い出して、笑みがこぼれた。

そして、いつしかの日々のように向こうから沈黙が破られる。

『こちらから会いにいくだけなので、大丈夫ですよ。

すぐ行きますから、そこで自分の半生でも振り返りながら待っててください』

そうして、通話は切れた。

「懺悔でもさせられんのかな」

まあいいけどさ、とぼやきながら携帯端末をしまう。

思考というのは声に引っ張られるもので、ここ数日、自分の人生について考えていたこともあり、意識はあっという間に自らの内面へと落ちていく。

《10》

本当は、娘が欲しかったのだという。

優希という中性的な名前に、長く伸ばした髪。仲良くするのは女の子じゃないとダメで、買い与えられたものはピンク色がほとんどだった。

今思えば歪《いびつ》なことこの上ない。尋常か異常かで択一するなら、疑う余地なく異常に分類されるし、今そんなことをする家庭が世間に出たら、インターネットで総批判をくらい、灰塵《かいじん》になるまで炎上させられることだろう。

けれど、どうして三歳児が尋常か異常かを判断できるだろう。

当時の優希には――大勢の子どもがそうであるように――母親が世界のすべてだった。母の求める自分でいる限り、母は褒めてくれた。優しくて綺麗な母に褒められるのが嬉しくて、彼女の言動を疑うことなんてしなかった。

だから母に導かれるまま、様々な習い事をやった。ピアノ、ヴァイオリン、花道、茶道、習字、そろばん、英会話など――色々なことをした。

けれど、なにひとつとして上手くいかなかった。

母は習い事の迎えは、必ず終了時刻の十五分前に着くようにしていた。

だから終わるまで、よく見学をしていた。

未《いま》だに覚えている。

ピアノの練習中、打鍵に躓《つまず》くたび、背中の向こうからため息が聞こえるのを。

いくら休憩を挟もうが、幼児の集中力など二時間も持つはずがない。けれど、その度に上手くやらなきゃと力んで、余計に失敗して、悪循環に陥った。

『お疲れさま』と出迎える母の微苦笑に小さな胸がきゅうと痛んだ。

何もできない自分が、嫌いになった。

実家に帰った後の母を担当したカウンセラー曰《いわ》く、母は我が子の才能を信じて疑っていなかったのだという。元より自分が、何をやっても人並み以上に上手くできたから、自分の子もそうであるに違いない、と。

好《よ》い言い方をすれば親バカだ。けれど、度が過ぎれば何事も毒となる。

果たして彼女の妄信《どく》は呪いとなり、優希を蝕み続けた。

そんなある日、父が言った。「絵はどうだ」と。

これまでいくつもの習い事を勧めてきた母は、しかし乗り気でなかった。

それはおそらく、父が画商として全国を飛びまわっていて、滅多に家に帰ることがなかったことに起因している。父を家庭から遠ざけている絵というものが、母には疎ましく映っていたのだろう。けれど半分以上投げやりになっていた優希は近所の絵画教室に体験に行った。

「ゆーきくん、一緒に描こうよ！」

そして、美澄さやかと出会った。

さやかは天真爛漫で、自由奔放で、みんなに好かれていて——何より、いつも楽しそうに絵を描いていた。習い事は義務であり、楽しむものではなかった優希にとって、それは衝撃的な体験だった。

絵に正解はないんだよ、とさやかは言った。それが難しくて、楽しいんだ、とも。

逆にいえば失敗もなく、どんな絵を描いても怒られることはない。

ともすれば後ろ向きな理由に、優希はこのうえなく惹かれた。憧れに引っ張られ、免罪符に後押しされて、優希は導かれるように絵を描き始めた。

優希は教室で一番上手だったさやかの絵の技術を盗むべく、よく一緒に描いた。

さやかは絵を描きながらよくお喋りをした。

「かなちゃんとりっくん、また喧嘩してたんだよ。よくやるよねえ」「こないだゆーちゃんが六葉のクローバー見つけてきたの！　ほんとにあるんだねえ！」「まさくんったら宿題写させてもらったくせに間違えたとこ責めてきたんだよ⁉　ありえなくない⁉」

口を動かすことで頭と手も動くようになるのか、周りの人間の話を脈絡なくマシンガンのように話し続けた。

「それで、道に迷ってるうちに日が暮れてきて、さらちゃんが『暗いのやだもう歩けない～』って泣き出しちゃったからあたしがおぶって帰ったの。えらくない？」

絵を描く以外は、冒険と称して行ったことのない場所にしょっちゅう繰り出しているらしかった。インドア派の優希としては理解しがたい行動だった。

「えらくないよ。冒険なんてあぶないからやめたほうがいいって」

「大丈夫、ＳＳコンビは無敵なんだから！

それにいろんなものを見た方が良い絵が描けるんだって先生言ってたし！」

さやかはまったく懲りない様子で、次はどこに行こうかな、なんて言いながら筆を進めていく。優希は肩をすくめながらも、次はどんな話をしてくれるのだろうかと楽しみにしていた。そんな日々が続くのだと思っていた。

けれど、さやかが重い病気に罹り、治療のために引っ越すことになった。

その年の冬に先生も持病が悪化し、教室は閉校となった。

五歳から五年。人生の二分の一を費やした場所が唐突になくなった喪失は計り知れなかった。優希は日がな一日、窓際に寝転んで庭に咲く花を眺めるだけになった。

その惨状を見かねた父が、知り合いづてにサロンを見つけてきた。

それが鶴丸浩長との出会いだった。

けれど、優希は当初サロンに入ることを渋った。絵画教室とは真逆も真逆、二回り以上も離れた大人しかいなかったためだ。何を聞かれてもぶすくれた顔をするばかりでまったく心を開こうとしない優希に、無理をさせても仕方がないと早々に諦めた大人たちが、せめて絵だけでも見ていきなさいと画廊を案内した。そこで鶴丸の絵を見た優希は、その場で入会することを表明した。

結果として、優希は絵描きとしての才能を鶴丸のサロンで開花させた。

主催者の鶴丸が五十を超えていることもあり、当時のサロンは入会者の平均年齢は高めであり、最年少で三十代後半という限界集落まっしぐらな集まりだった。そこに十歳という若すぎる芽が放り込まれる。可愛がられるのは必然だった。優希は蝶よ花よと可愛がられ、サロンのメンバーの技術や知識が惜しみなく注がれた。

新しいことを取り入れて優希が絵を描くたび、鶴丸が指摘をした。鶴丸と優希は相性が良かったようで、鶴丸の老獪《ろうかい》かつ機知に富んだ焚《た》き付《つ》けによって、優希の反骨心と向上心にめらめらと火をつけ続けた。

環境が天才を作るというのなら、まさしくそこは優希のための環境だった。

サロンメンバーですらさせないような量の指摘も呑み込み、優希は目覚ましい速度で上達していった。「傍から見ている奴らはみんな笑いか震えが止まらなかったよ」とは後の鶴丸が酒の席で赤ら顔になりながら話していたことだ。

サロンに入ってから三年。中学二年生のある日、父が言った。

「お前の絵を買いたいという人がいるんだが、どうだ」

そこで優希は初めて、画商という職業がなんたるかを知った。

「画商っていうのはな、自分の足で売り込みに行くし、自分で画家とやりとりして、描いてほしい絵を依頼したりなんかする。編集と営業の間みたいなもんだ」

難しい言葉の例えに難しい言葉を使うのは、父が子どもに対する接し方を知らなかったからだろう。画商としては極めて優秀だったが、親としては——否、人としてはかなり問題のある人だった。母がなぜこんな人を好きになったんだろう、と疑問に思うくらいに。

「俺はお前に一人の絵描きとして絵を依頼したい。頼めるか、優希」

けれど、今にして思えばこの頃の優希を対等に扱ってくれたのは、父だけだった。

そして佐原優希は日本の絵画市場に足を踏み入れた。

こうして振り返ってみてわかる。当時の自分は何も考えていなかった。考える必要がなかったのだ。学校に行けば絵描きとして尊重してくれるクラスメイトたちと楽しく過ごして、家に帰れば絵を描く。土日は鶴丸のサロンに行き、絵に関するさまざまな話を聞いた。

佐原優希の幸福は、それで完結していた。

けれど、絵を商品にするようになって、幸福に罅《ひび》が入り出した。

好きな絵は描けなくなったし、優希の絵を買いたいというよく知りもしない人たちを相手にしなければならなくなった。マナーに気を張らなければいけないコース料理を食べ、興味のない話題に相槌《あいづち》を打つ。それだけで気力を使い果たしてしまい、絵が描けない日もあった。苦痛で仕方なかった。

そんな日々を続けていたら、一度高熱を出して倒れたことがあった。

優希はそこで初めて、母の怒った姿を見た。怖かった。尋常でない怒り方だった。

結局、二年生の夏休みの終わり際のそれを最後に、優希は会食に連れていかれなくなった。

再び幸福が完結するようになった。が、今度は半年も続かなかった。

「優希、俺と海外に挑戦してみないか」

年明けの母方の実家。

離れに呼び出されて、雪の降り積もる露地庭園の松を眺めている時だった。

夏に会食をした資産家が、投資の意味をこめて五百万円で絵を買ってくれたおかげでついに軍資金が貯まったのだという。出発は来年の夏を予定していた。

「流石にもう自分でもわかっているだろうが、お前は天才だ。日本《こんなところ》で納まっていい器じゃない。俺と一緒に行くべきところに行こう」

「別に絵が描けるならどこだっていいけど……家族で引っ越すってこと？」

「いや、母さんはまず反対するだろうから、行くとしたら俺とお前だけになる」

「じゃあ嫌だ。母さんも一緒がいい」

優希の答えに父は深く瞑目《めいもく》し、息を吐いた。

「……母さんにも相談してみる」

人生で一度だけやり直せる機会を与えられるとしたら、この時に「わかった」と即答したい。それほど、この時の選択を後悔している。


夜中。甲高い音で目を覚ました。

「ふざけないでよ!!」

次いで、絹を裂くような金切声《かなきりごえ》が家中に響き、否応《いやおう》なく意識を覚醒させられる。

「わたしが求めてもあなたはちっとも応えてくれなかったじゃない!!」

ガシャンと何かの破砕音が聞こえてくる。

「わたしはずっと耐えてきた！　それなのに、今度はあの子まで奪っていくつもりなの⁉　そんなの絶対に許さないから‼」

「わかった！　俺が悪かったから、それを下ろせ！」

母と父の怒鳴り合いは、小一時間続いた。その間、優希は布団をかぶり、枕に頭を押しつけてやり過ごした。これは悪い夢だと、朝起きたら何事もなく、母さんが朝ごはんを用意してくれていると何度も念じた。

翌朝、祈りながら一階に下りてみれば、リビングで魂が抜けてしまったようにソファに身体を預ける母と、床に散らばるガラス片を黙々と片付ける父がいた。


中学三年の始業式を間近に迎えたある日。

優希は父に呼ばれて二人で外食をした。

その帰り、もう一度、二人で海外に行かないかと誘われた。

「ふざけんな！　母さんは置いていくのかよ！」

「母さんは、保守的な人間なんだ。実家とのつながりを捨てて未知の環境に飛び込むだなんてことは絶対にしない。俺たちで行くしかないんだ」

「保守的なのがそんなに悪いかよ！」

「いや、必ずしも悪というわけじゃない。ただ、今の俺には枷《かせ》でしかないという話だ」

「枷って……仮にも自分の奥さんでしょ？　愛してる人なんでしょ？」

優希の問いに、父は数秒ほど間を空けて答える。

「彼女を愛していた頃は確かにあるよ」

「なんだよ、それ。じゃあ……今は愛してないってこと？」

否定が返ってくるとばかり思っていた。けれど、父はわずかに首を振って、

「こちらに本気の殺意を向けてくる女を愛しきるのは、俺には難しかった」

心のどこかが、割れるような感覚がした。

取り返しのつかない何かが、起きてしまった。

「父さんがそうさせたんだろ……！　父さんがっ、海外に行くなんて言い出さなければ、母さんだってあんなになることはなかったんだ！」

優希が涙を浮かべながら糾弾すれば、父はこの世すべてに興味を無くしたような、冷めた目でこちらを見やった。

「なら、お前だけでも愛してやってくれ」

そうして、最近は海外進出に向けた準備で家に帰る頻度が高かったはずの父が、自分の荷物すらどこかへ移してしまい、完全な別居状態となった。

それからの母の口癖は『絶対あいつのようにはさせないから』だった。あいつ、が誰のことを指しているのかは、今更言うまでもなく。

「あんな二流の大学を中退して画商になるようなろくでもない人にはなっちゃダメよ。あなたはきちんとした大学に行って、きちんと就職して、真っ当に幸せになるの」

母は穴が開くほどの目力でこちらを見つめて、うわごとのように呟いた。

家ではまったく心を休めることができない優希は、茉歩との昼休みの逢瀬《おうせ》でなんとか息をつないだ。

そうしている間にも、母は段々と壊れていった。

夜泣きをするようになり、優希は朝ごはんを自分で用意するようになった。

夜ご飯も、時々寝込んでしまうから優希が代わりに作った。


そうしてなんとか日々を過ごして夏休みを目前にしたある日。

決定的な出来事が起きた。

家に帰ってきた優希は、リビングに入ろうとドアを開けて、ギョッとその場で立ち尽くした。家具という家具が倒され、食器はほとんど割れ散らばっている。テレビも、小物入れの棚も、父が使っていたデスクトップPCも、壊されている。

誰がやったかなんて、考えるまでもなかった。

散乱する破片の真ん中で、母がうずくまっていたから。

離婚が成立したのだと、母は言った。

包丁を持って言い争いをしたあの日のことを父はメディアに記録しており、提出されたそのデータによってDV——家庭内暴力《ドメスティックバイオレンス》と判断され、法的離婚が認められてしまったのだ。

父は軍資金にするはずだった大量の預金とこの家を残して、一人海外へと飛び立っていった。

父は婿入りしていたため、優希と母の苗字《みょうじ》は変わらなかった。

外から見れば、昨日と今日で佐原家に何ら変わりはない。けれど、決定的にすべてが変わってしまった。

「ねえ……優希はどこにも行かないわよね？　一緒にいてくれるわよね？　お願い、お願い、お願いだから、いてちょうだい……」

母は掠《かす》れる声で、涙をぼろぼろとこぼしながら優希の膝に縋った。

——なら、お前だけでも愛してやってくれ

父の言葉が唐突に脳裏をよぎった。ふつふつと、腹の奥底が煮え立つ。静かに吐いた息までもが、燃えるように感じられた。

「大丈夫。大丈夫だよ、母さん」

優希は母の頭をゆっくりと撫でる。あの頃、優希にとって世界のすべてだった頃の美しさが、見る影も無くなったその髪を撫でながら思い出す。
幾千日もの『いってらっしゃい』と『おかえりなさい』を。
そのどれも、母は笑って言ってくれていた。
不器用で、歪な愛だったかもしれない。
「僕がそばにいるから」
けれど、たった一人の母だった。

その後の日々は、あまりよく覚えていない。
ただただ、必死だった。
それでもルーティーンだけは覚えている。
毎朝、冷水を顔にぶつけ、鏡の向こうにいる自分に向かって呟くのだ。
「お前ならやれる。お前以外にやるやつはいない」
そうして国立の試験日を迎えて――――

「――――ゆうきくん‼」

優希はゆっくりと、現在へと向き直る。

《11》

真っ赤な夕焼け空の下、隠れ広場の入り口に、さやかが立っていた。

荒い息を吐いてこちらへ歩いてくる姿に、優希は思わず問いを投げかける。

「どうしてここがわかったの？」

さやかは息を静めようと大きく肩を上下させながら、ピッと指を立てる。

「この音ですよ」

「どの——って、ああ」

耳を澄ませれば、下の方から豆腐販売車のラッパ音が聞こえてくる。

「以前、この時間帯に公園前を通った時、あの車とすれ違ったのを覚えてたんです」

「なるほどね。電話から音が聞こえてたわけだ」

ふんすと鼻で息を吐くさやかに、優希は軽い拍手を返す。

「……で、今日はなんの用？」

「ゆうきくんを、見つけに来ました」

まっすぐこちらを見つめて言い放つさやかに、優希は思わず息を呑んだ。

「まあ、そっちの方は一旦置いておきましょう。

先に、見てほしいものがあるんですよ」

「僕に見てほしいもの？」

さやかは後ろ手に隠していたポスターソードを掲げると、高らかに宣言する。

「文化祭ポスター、無事完成しました！」

「…………まじか」

「まじかってなんですか。まさか完成しないって思ってました？」

「半分くらいは」

「失礼ですね。引き受けたからにはきちんとやりますよ？」

「それは流石だけど……なんか、今日テンション高くない？　気のせい？

久しぶりだからそう感じるだけ？」

「あー、おそらく作業興奮と徹夜でハイになってるんだと思います。

ポスター完成したのが今日の朝ギリギリだったので」

さやかの返答に、優希は露骨に表情を歪めざるをえなかった。

「僕、前に無茶はするなって言ったよな」

「覚えてますよ。けど、女の子にだって無理も無茶も張り倒して進めなきゃいけない時があるんです」

それが今です、と言いながらさやかはポスターを持ち直す。

「さて、ゆうきくん。今回のポスター、ゆうきくんなら絶対気づくべき点があります。

ゆうきくんはそれに答えなければいけません。準備は良いですか？」

「なんで答えるのが義務になってるんだ」

「答えられなかったら今日は歩いてお家まで帰ってもらいますからね」

「どんだけ歩かせる気だよ。電車とバスで一時間かかるんだぞ」

「答えればいいんですよ。それじゃあ準備は良いですか？」

これ以上の反抗は無駄だと悟り、無言で促せば、さやかはクルクルとポスター用紙を開いてみせた。全貌をパッと見渡せば、答えは一瞬でわかった。

「……〝一万二千キロの旅路〟のオマージュ、だろ」

「ふふ、わかってくれて嬉しいです」

そこに描かれていたのは、落ちてくる鳥の羽根に向かって手を伸ばす日ノ高の生徒。彼を主体として、周囲には〝一万二千キロの旅路〟を彷彿《ほうふつ》とさせる山々や、淡い空が描かれている。そして空には『理想を摑めよ少年少女』という今年の日輪祭のスローガンが書いてあった。

「今回、人物画の方は茉歩ちゃんに描いてもらったんですよ。気づきます？」

「ああ、分業したのか。確かに背景と少しタッチが違うな。

さやかはまだ人物画苦手なはずだし、いいんじゃないか」

素直に褒めたつもりだったのだけど、さやかはじっとこちらを見つめたままだった。

無言で見つめ合うこと数秒。さやかがこちらを見つめてくる理由に思い至る。

「なんだよ。もしかしてまだ何かあるのか」

背景に暗号が隠されてます、とか言い出すんじゃないだろうな。

そう身構えれば、さやかは微苦笑した。

「気づきませんか」

その笑みのあまりの優しさに、優希は困惑すら覚えた。

おかげで問う声がぶっきらぼうなものになる。

「だから、何に」

「……ゆうきくんに、です」

さやかの言葉に、優希は意味を把握しかねる。が、ふいに気づいた。

再度ポスターを見やる。正確には、そこに描かれた男子生徒を。

優希がパーツを一つずつ見やる中、さやかが静かに言う。

「ゆうきくん、言ってましたよね。『白紙の人間に、絵は描けないんだ』って」

一歩、さやかがこちらへ近づく。

「ゆうきくん、言いましたよね。『だったら、その目で見つけてくれ』って」

二歩、さやかは目の前まで来て膝をつく。

「だから見つけたんです。ゆうきくんが絵を描かない……ううん、描けない理由」

三歩、さやかは身を乗り出して、覆《おお》い被《かぶ》さるようにこちらの顔を両手で包む。

鼻と鼻が触れ合うほどの、互いの顔が瞳孔に映っているのがわかる距離で。

「ゆうきくん、今、私の顔が見えてないんですね」

ああ。彼女は本当に。

「私だけじゃなくて、誰の顔もわからないんじゃないですか。

それどころか——自分自身の顔だって」

優希は観念したように目をつむり、それから開いて言った。

「うん。見えてないよ、誰の顔も。……僕自身の顔だって」

すべてをさらけ出すべく、白状する。

「僕は……自己相貌失認《じこそうぼうしつにん》なんだ」

《12》

自己相貌失認。自分の顔が、自分の顔と認識できなくなること。またその症状。

「いま笑ってるな、とか。怒ってるな、とか。その程度はわかるんだ。ただ、どんな顔をしてるのかを見ようとしたら、途端にゲシュタルト崩壊を起こす」

「ゲシュタルト崩壊……」

上手く伝わっていない様子のさやかに、優希は例え話をする。

「さやかはさ、花畑の花一つ一つに名前をつけて、それらを完璧に覚えることってできると思う？」

「どうでしょう……少なくとも私には無理です」

「だろ？　僕にとって、人の顔は花と変わらないんだ。咲いてることはわかる。ただ、一つ一つをじっと見つめても、違いが見分けられない——そういう話」

身体を起こした優希は隣に移動したさやかを見やる。水彩花のように淡く微笑む彼女も、人混みに紛れてしまえば途端に見分けがつかなくなってしまうだろう。

「普通の相貌失認は、脳機能が物理的に損傷することによって起きるし、自分の顔は流石に認識できる。けど、僕はいくら検査しても異常がなかった。にもかかわらず、僕は他人だけじゃなくて自分の顔すら認識できない。カウンセリングまで受けて、ようやく『心因性認識障害』って結論づけられた」

極めて稀《まれ》、どころか自分はほかに見たことがないと医者は言っていた。治療薬などは一切出されず、とにかく心身に刺激を与えず、好きなことをして過ごしてくださいと言われた。その時点で、治療法はありませんと宣告されたようなものだった。

「それにしても、さやかはどうして気づけたの？

正直、気づこうと思って気づけるようなものじゃないと思うんだけど」

「きっかけは『Ｃｒａｎｅ』に行った時でした。髪を切った状態でも、鶴丸さんは私だって気づいてくれたんです。それを鶴丸さんに言ったら『髪型変えたくらいで忘れない』って言ってて、そうだよなー、忘れるゆうきくんおかしいよなー、って思った時に――」

「まさかそれで気づいたの？　ウソだろ？」

「いえ、本当はもっと早くに気づくべきだったんです。

なんなら一番最初、再会した時にでも」

「再会した時……？」

「だってゆうきくん、ヘアピンで私のこと認識してたでしょう」

「……ばれてたのか」

さやかの答えに、優希はお手上げとばかりに両手を広げて苦笑する。

「私が教室に初登校した日は髪を切っていた上に、ゆうきくんの位置からはヘアピンが見えなかった。だから私に気づけなかったんです」

さやかは得意げに鼻を鳴らし、自らの思考の軌跡をなぞって語る。

「ヘアピンや髪型で人を判断するというのはそうせざるを得ない理由があるわけで、そんなの私には『顔の判別がつけられない、覚えられない』くらいしか思い浮かばなかった。それで考えてみたら思い当たる節がいくつもありました」

　さやかが描いた優希に気づかなかったこと。

　頑《かたく》なにポスターの依頼を受けようとしなかったこと。

　そして、

「友だちがいないのも、作れないからだったんですね」

　茉歩から優希の中学生の時の話を聞いて、不思議に思ったことだった。中学では友だちがたくさんいたらしいのに、どうして高校では一人もいないのだろう、と。

　あえて作らないようにしているのかと思ったけれど、友だちがいない事実をたびたび嘆いていた。なら、作りたくても作れないのだ。それも当然のはず。

「顔の見分けがつかないのに、作れるはずがないですよね。

　どうやって仲良くなるんだって話です」

　クラスメイトたちが一人ずつ自己紹介をしていっても、その見分けがまるでつかず、自分の番で立ってみれば、顔のわからない数十人がこちらを見つめている。想像するだにおそろしい光景だった。

「けど、一つだけわからないことがあって。どうして私の絵は描けたんですか？」

「描けてるうちに入らないよ、あんなの。精一杯目をこらして顔のパーツを見抜いて、頭痛と吐き気に耐えながら、あんな粗い線で横顔を描くのがやっとなんだから」

優希は声と表情に悔しさをにじませる。その痛みと苦しさは想像の及びもつかない。

「ゆうきくんがどうして一年半も耐えられたのか、私は不思議でなりません」

「耐えきれてないよ。だからサボって花の写真を撮りに行ってたんだ」

誰かと話すのにも相手が誰なのか、声に耳と神経を研ぎ澄まさなければいけない。いつまでも慣れない行為と慣れない場所に通うことは精神をあっという間に摩耗させていく。それをかろうじて癒《い》やすのが、花の写真を撮ることだった。

「けど、どれだけ撮っても絵を描く代わりにはならなかった」

痛みを堪えるように、どこか遠くを見つめる優希の手を、さやかはそっと握る。

「……聞いても、いいですか。ゆうきくんが自己相貌失認になった理由」

優希はさやかの手を握り返しながら、ふっと自虐的な笑みを浮かべる。

「本当に、ほんっとうにくだらない理由だよ。それでも聞きたい？」

こくりとうなずくさやかに、優希は震える声音で言った。

「受験会場で倒れたんだ。……それも、過労で」

◇◇◇

結局のところ、限界だったのだ。

睡眠時間を削り、慣れない家事を行いながら、母の面倒を見て、国立に受かるだけの勉強をするというのは、優希には許容範囲外《キャパオーバー》だった。

目覚めたら医務室にいて、残念ながら試験は終了しましたと、やってきた試験監督に告げられた。帰り道を歩きながら、優希はひたすら思考していた。

己に対する侮蔑を。悪言を。侮辱を。罵倒を。雑言《ぞうごん》を。誹謗《ひぼう》を。悪態を。嘲罵《ちょうば》を。

ありとあらゆる負の言葉で己を責め立てた。

すべて無駄になった。意味がなかった。無くなった。

そんな思考すら、偽善者が、と別の自分が断罪する。

やったのは他ならぬ、自分自身のくせに、と。

そうして断罪する自分をまた別の自分がなじる。

何かを断罪できるような身分じゃないだろう、と。

家に帰るまで、あるいは帰った後もその無限は続いた。

いつ意識を失ったかも定かではなかったが、習慣の賜物《たまもの》により、いつも通りベッドの上で目覚まし時計によって目を覚ました。

そして頭が割れそうな痛みを訴えた。何も痛いことはないはずなのに、身体を起こす動作すら、頭蓋の中が蠢《うごめ》いて痛い。本能が休むべきだと悲鳴をあげていた。

けれど、休めば母の食事は誰が作るのか。洗濯物は誰が干すのか。ゴミは誰が出すのか。代わりに学校に行く人間はいない。何より、昨日あれだけのことをやらかしておいて、休もうという気持ちになれるはずがなかった。壁に手をつきながら部屋を出て、手すりを握りしめて階段を下りる。一段一段が、脳に直接手を入れられてかき混ぜられているかのようだった。

そして、洗面所へと向かう。頭痛でほとんど目を開けていられなかった。

でも、顔を洗ったら、少しはマシになるはずだ。そう信じてようやく洗面所にたどりつく。ほとんど手探りでレバーを上げ、凍えるような温度の冷水を顔にぶつける。荒く息を吐きながら顔を拭き、いつもの呪文を唱えようとして。

……自分の顔、見たくないなあ。

その瞬間、ぐらりと目眩がした。頭をゆるゆると振り、平衡感覚を戻すために顔をあげる。そうして鏡に映っていたのは、萎《しぼ》んで枯れた花のような何かがへばりついた、人型のシルエットだった。

「なんだ、これ」

そう言い残して洗面所の床に崩れ落ちた佐原優希は自己相貌失認となり、絵を描けなくなった。それだけでなく、一週間ほど入院したことによって母を世話する人がいなくなり、母は実家に引き取られていった。

あの日の失敗で、自らの存在意義《レゾンデートル》であり、自己同一性《アイデンティティ》と定めた絵《モノ》が消え、唯一守ろうとした母すらいなくなった。

ようやく鏡の前に立ってみても、そこには無価値なモノしか映らない。

なにも映っていないのと変わらない。

「……はは」

思わず、笑いがこぼれる。

必死に何かを描き続けてきたはずだった。

己の価値を、証を、約束を。

そのはずなのに、気づけば目の前のキャンバスはまっさらなまま。

大嫌いだった、何にも《白紙の》ない自分に戻ってしまっていた。

「何にもなくなっちゃったな」

力なく呟きながら、日ノ山高校の制服に身を包んだ優希は入学式へ向かうべく、玄関を開けた。

《13》

話し終えて、優希はそろそろとため息をついた。

当時の感覚自体はもう完全に忘れさったものと思っていたけれど、話をするうちに段々と思い出してきて、最後の方に至ってはぶっ倒れやしないかと自分で自分が心配になった。けれど今、そんな心配をする必要はなかった。

「なあ、さやか。重いんだけど」

動かすためにわざと重いと言ってみたのだが、さやかはこちらを抱きしめたまま動かなかった。左耳の後ろでする、さやかの震えるような呼吸音がくすぐったかった。

これは待つしかないと、街の風景でも見て時間潰しをしようとしたちょうどその時、さやかがみじろぎした。

「……今まで」

ぽつりと呟かれた声。それはそのまま問いへと繋がる。

「誰かにこれを話したことは、あるんですか」

「いや、ないかな。

自己相貌失認については木谷先生に話したけど、理由は誰にも言ったことない」

ぎゅ、と首に回される手の力が強まる。

「どうして……誰にも話さなかったんですか」

「だって自分の失敗をさらけ出すわけだろ。恥ずかしいしダサいしで、良いことないじゃん。何より、これを誰かに話したところで過去が変わるわけでもないし」

いくら語り明かしたところで変えられないのなら、ただ気分を落とすだけだ。

それなら散歩でもした方がよっぽどましだと優希は笑う。

けれど。

「……いえ、変えられます」

静かに、そして確かに断言する。

「過去は、変えられます」

「……魔法でも使うおつもりで？」

励まそうとしてくれているのだろうが、気持ちだけで十分だと苦笑する優希に、さやかは大真面目な風にうなずく。

「魔法であれば協力してくれるというなら、これを魔法ということにします」

とてつもない暴論。どうあっても自分の過去を変えたいらしい。

「……なら、その魔法かけてもらおうかな」

なるようになれと身を委ねれば、さやかはそこで初めて身を起こした。

「じゃあちょっと体勢変えてもらっていいですか」

さやかの手が頭に伸びて、そのままぐいぐいと下げさせられる。そうして最終的に固定されたのは、プロレスで言えばヘッドロック寸前の位置。

「あの、これは流石にちょっと」

額に押し付けられる感触を引き剝がそうともがけば、さやかの優しくも確かな力強さの手によってさらに下の方で押さえられる。

「いいから、私に全部委ねてください。

ゆうきくんは何も言わず、考えず、ただ、私の声だけに耳を傾けるんです」

もはや顔面でぶつかっている状態。喋ることはおろか首を回すことすらできず、優希は無抵抗になることで肯定の意を示した。

さやかはその状態で優希の頭を抱えると、いきますよ、と呟く。

そして、

「――――これまで、よく頑張ったね」


蕩《とろ》けるような声に、体の中心が揺り動かされるような感覚がした。

錯覚のはずなのに、実際に心は動かされたと言わんばかりに涙が一つこぼれ落ちる。

嗚咽すらついてこない、あまりに唐突な反応。けれど「えらいね」「すごいよ」と、ささやき声が耳に届くたび、涙はポロポロと流れていく。

未知の感覚の奔流に流され固まる優希の頭を撫でながら、いいですか、とさやかは言う。

「ゆうきくんのこれまでの苦しみは、いま、こうして私に認められるためにあったんです。ただ無為に自分を痛めつけるためなんかじゃありません」

慈しむように、愛おしむように。

「ゆうきくんがいなければ、私は未だ真っ暗闇の最中にいたでしょう。ゆうきくんがこうしていられるのは、自らの行動による成果なんです。ゆうきくんの過去は失敗なんかじゃありません。全部、繋がってます。何も無駄なことなんてないんです」

甘い声が、言葉が、心を溶かしていく。

柔らかな手が頭を撫でるたび、ささくれ立った精神が静まっていく。

優希はさやかの服の裾を握りしめ、ただ胸の内で泣いていた。

――――これまで、よく頑張ったね
ずっと誰かに言ってほしくて、けれど誰にも言ってもらえなかった言葉だった。


「ゆうきくん、干からびちゃうかと思いました」

「……僕も自分で思ったよ」

ようやく泣き止んで、落ち着いた優希は視線を逸《そ》らす。

それを見て、さやかはいたずらっ子のような笑みを浮かべる。

「ふふ、同級生の胸の中で大泣きしたの、だいぶ恥ずかしそうですね」

「わかってるなら言うなよ！　しかもやらせた張本人が！」

なら最初からやらせるな、と拗ねればさやかにまあまあと宥《なだ》められる。

「少なくとも、私はなんとも思ってないですよ？

必要なことでしたし、むしろお役に立てて誇らしいとまで思ってます」

「そう言ってくれるなら少しは気が紛れる、かな……」

「とはいえ、恥ずかしいものは恥ずかしいですよねぇ」

「ぐぅっ……！」

思わず頭を掻《か》きむしった。

さやかは楽しげにくすくすと笑った後、優希を見やった。

「ねえ、ゆうきくん。私、お願いがあるんです」

「……うん」

顔をあげ、向き直る。そして、さやかが言う。

「私の隣で、絵を描いてくれませんか」

そうだろうなと、思っていた。本来なら、ここでうなずくべきなのだろう。

「ごめん」

けれど、優希は頭を下げる。

「まだ約束はできない。気持ちは今までになく前向きだけど、本当に描けるかはわからないし、母さんのこともあるから……」

全部終わってから、と言おうとしたところでさやかの大きなため息が遮った。

「はぁ……この期に及んで、まだそんなことをほざいてるんですか、ゆうきくんは」

「ほ、ほざ……？」

困惑の声をあげようとする優希の唇を人差し指で封じ、さやかは笑みを浮かべる。

「自覚がないみたいだから、言ってあげますね。私が目を開けられるようになったのは、ゆうきくんに救われたからじゃないんですよ？」

耳元の髪をかきあげながら、さやかは言う。

「一年前の呪縛より、もっと強い呪いで上書きされたからなんです」

胸の奥の奥の奥に秘めていた、今でなければ明かせない真実《おもい》。悠然とした動きで、優希の手首を掴む。けれどその手にはぎりぎりと力が込められて、

「それなのに、自分は一抜けやめたって、普通の幸せを掴もうとしてる。……そんなの、許せると思いますか？」

これは本当に、先ほど自分の過去を変えてくれた少女と同一人物なのだろうか。

わからない。けれど、視線は彼女の目に吸い寄せられてやまなかった。

「人を呪わば穴二つって言うでしょう？

ですから、今度は私がゆうきくんに呪いをかけてあげます」
いいですか、と言ってさやかがこちらに両腕を伸ばす。
「一度だけでいい。二度も立ち上がれなんて言わない。
私のために、もう一度だけ筆をとって」
首を包み込むように両手が回る。
互いに吸い寄せられるように、その距離を縮めていく。
「それでもいつか、またくじけそうになったら。
……ううん、くじけてしまったら言ってください。その時は――」
鼻先が触れ合うほどの距離、否、鼻先と額を突き合わせながら。
沈む夕日の最中。
願いを込めるように／祈りを捧《ささ》げるように／想いをささやくように、

「――私が、殺してあげる」

素直に、良いと思ってしまった。
彼女に殺してもらえるのなら、自分が生まれた意味はそこにある気がした。
倒錯した思考にくらりと、世界がまるごとブレるような目眩を覚える。

次の瞬間。優希の目には、確かに見えていた。

彼女の瞳の中にある、自分の顔が。

「いいな。それ」

思わず、笑みが浮かぶ。

「……でも、」

優希の手が、首にかかったさやかの手首を掴んだ。

力が込められ、ゆっくりと引き剥がされる。

「まだ、僕は死にたくないよ」

その瞳は確かに光を灯して、輝いていた。

「じゃあ、頑張らなきゃですね」

そう言う彼女の顔にはもう、花なんて咲いていない。

そこにあるのは等身大の少女然とした笑みだ。

「……ああ、だな」

その瞳に映る自分の顔も、笑っていた。

《14》

日ノ山高校文化祭、通称日輪祭は最終日を迎え、盛況を極めていた。

どこのねぶた祭りに持っていくつもりなのかと問いたくなるようなデコり方の入り口ゲートは、朝の満員電車じみた数の人が常に出入りしていて、通路整理に駆り出された生徒や職員は喉を嗄《か》らす勢いで叫び続けている。

中に入れば、下駄《げた》箱前からグラウンドにかけてズラリと出店が並び、間の芝生広場にはやぐらが組まれ、常に何かしらの出し物が行われていた。時刻も三時を回りピークは過ぎたものの、未だ人混みでごった返している。

その人混みをかいくぐるように動き、時折ぶつけられてペコペコと謝る少女が一人。

「あのっ、すみません……通してください！　ちょっと、通してぇっ！」

ぶつかりぶつけられ、頭の上のお団子がすっかりぐしゃぐしゃになりながら、なんとか入り口までたどり着く。荒く息をしながら周囲を見回してみるが、目的の相手は一向に見つからない。少女はプルプルと肩を震わせ、その場で声をあげる。

「もう着くっていうから迎えに来たのに、佐原くんどこ～っ⁉」

◇◇◇

教室の前まで戻った私は行列の多さに思わず立ち止まってしまった。

「まさかこんなに並ぶなんて……」

階を間違えたかと思ったけれど、教室前の幟《のぼり》にはしっかり〝ロシアンたこ焼き〟と書いてある。まったく売れないと思っていたのにお祭りの魔力とはかくも恐ろしい。

「あ、さっちゃ～ん！」

声がした方を見れば、バチバチに化粧を決めた杏ちゃんが出てきた。黒いローブに身を包み、帽子をかぶっている。魔女のコスプレをしているのだとわかった。

「おつかれ～！　これあげる！　はい、あーん」

「え、あ、あーん……」

杏ちゃんに杖の代わりに持っていたフルーツスティックを差し出され、先端の冷凍みかんだけを咥《くわ》えてとる。

「あの、まほちゃんどこかで見ませんでした？」

私の問いに、杏ちゃんは横に咥えたスティックからキウイとイチゴを豪快に引き抜き、咀嚼《そしゃく》しながらうなずく。

「さっき慌てて正門の方向かってってたの見たよ。お迎えがなんとかって言ってた」

「正門？　キャンバス持ってくるんだから、裏門でしか来られないのに……」

よくわかんないけど頑張れー、という声を背中に受けながら、私は早歩きで廊下を進んでいく。人の間を縫いながら、最終目的地である美術室に飛び込む。

「ゆうきくん来てますか⁉」

中に入ると同時に問えば、常駐している美術部の子たちはふるふると首を振った。

「もう着くって言ったのに……どこにいるの……！」

未だに姿を現さないことに思わず歯噛みすれば、後ろからペチペチという音と共に間延びした声がかけられる。

「そう慌てなさんな。まだ時間はたっぷりあるだろうて」

振り向けば、カフェで着ているスーツではなく、外行きの私服である翠袴《みどりばかま》に身を包んだ鶴丸さんが自分の禿頭を叩きながらにっこりと微笑んでくれる。

「戻ったぞ～。焼きそばお待ち。お、美澄さん、戻ってきた。焼きそば食うか？」

たった今、お昼ご飯の調達から戻ってきた木谷先生がパックの焼きそばを差し出してくる。

「先生の食べかけなんかいらないです」

「いやいや食ってねえって！　今買ってきたばっかかよ！　見ろこの湯気の量を！」

「おおう、美味《うま》そうだ。木谷さん、儂も一ついただいてよろしいか？」

「そりゃもちろん、鶴丸先生の分も用意ありますよ。ほら、マヨパック付き」

「わかってるじゃないの君ぃ……」

優希くんを待つ間、鶴丸さんと木谷先生はすっかり仲良くなっていた。

やはり共通の話題があるのが大きいのだろう。

「交通事故にでも遭ったんじゃあ……まさかキャンバスを誰かに盗まれたとか？

もしそうだったらどこに連絡すれば……」

二人ほど楽観的になれない私は最悪の事態を想像しては勝手に気分が悪くなっていく。

一旦トイレにでも入ろうかと思ったそのとき、意外な人物が顔を覗かせた。

「すんませーん」

「お？　久地くん、どうした」

髪がなぜか真っ赤に逆立っているけれど、文化祭実行委員のＴシャツに身を包んで爽やかな笑みを浮かべる姿は確かに久地さんだった。

「新道さんのお出迎えか？　彼女なら正門前でてんてこまいしてるはずだぜ」

「や、今回は迷い人のお届けっす」

「迷い人？」

言われて奥を覗き、私は瞠目する。

「……あ、ども」

そこにはキャンバスバッグを持って、所在なさげにする優希くんがいた。

「いったい、どこで、何してたんです、か」

迷わず詰め寄る私に、優希くんはたまらずといった風に上体をそらす。

「どっから入るかわかんなくて、どうしようって思ってたら久地と出くわして、ここまで連れてきてもらった感じでぇ……」

「子どもじゃないんですから誰かに聞いてください！ それか私たちに連絡するとか！」

「はい、すみません……」

しょぼしょぼと頭を下げる姿は、なんら今までの優希くんと変わらない、どころか輪をかけて情けなかった。

「まあまあ！　お説教は後にして、お待ちかねの鑑賞タイムといこうじゃないか！」

木谷先生の号令で、みんなが展示物を動かして空間を作る。そこにおかれたイーゼルに、優希くんがバスタオルに包まれたキャンバスをセットする。

「えーっと、これは掛け声とかあった方がいい感じですか」

優希くんが美術室の後方を向く。

そこに、優希くん以外の全員が並んでいた。

「そらもう優希の好きなタイミングで！」

「じゃあ、もうやりますね」

優希くんがバスタオルを取り払い、その全容が露わになる。


私は自分の呼吸が止まるのをはっきりと自覚した。


最初に訪れたのは戸惑い。

次に興奮と感動。そして最後に、嬉しさと気恥ずかしさが襲ってきて――

「うおお」

私以外のギャラリー全員が歓声をあげる。

そして、ほぼ同時に全員がこちらを見た。

顔が真っ赤になっている自覚があった。

それでも、目の前の絵から目をそらすことなんてできなかった。

できるはずがなかった。

そこに描かれていたのは、幾種類もの花々。

中央には一輪《しょうじょ》の花がいて、その花弁《まぶた》は開かれ、満開に咲《わら》っていた。

そこに描かれていたのは、確かに私だった。

いつしか優希くんが言っていた。

絵は鏡だと。

その人にとって世界がどう見えているか、というのを映し出したものなのだと。

なら、優希くんがこのように描いたということは――

「題名は、なんていうんですか？」

美術部の子が尋ねる。

「ああ、プレート用意するの忘れてたな……そうだ」

優希くんは一瞬考える素振りをして、前方にある黒板にチョークで大きく字を書いていく。そうして示されたタイトルは、

『無貌の君へ、白紙の僕より』

これは、帰還の印であり、ラブレターであり、挑戦状だった。

私は人生をかけてこの絵に追いつく――いや、追い越さねばならない。

考えるだけで気が遠くなる。きっと壮大な旅になるだろう。

優希くんの方を見れば、目が合った。

にやりと、不敵な笑みを浮かべてくる。

わくわくして仕方がなかった。

「ねえええ！　佐原くんいないんだけどぉ！」

そこに半泣きの茉歩ちゃんが飛び込んできて、目の前の状況に固まった。

「……えっ、何これ。何これ⁉」

困惑と興奮でムンクの〝叫び〟みたいになる茉歩ちゃんに、笑いが起こる。

美術部の子たちが茉歩ちゃんの元へ駆け寄る。彼女たちに手招きされた久地さんが苦笑しながら遅れて寄っていく。木谷先生と鶴丸さんも絵の方へ行って、みんなで絵について感想を述べ始める。

ふと、隣に優希くんが来る。互いに笑い合って、後ろからその光景を眺める。

何よりも幸せな時間だった。

◇◇◇

日没を間近にして、世界は緋色《ひいろ》に染まっていた。

グラウンドに集まった生徒たちに向かって、司会進行が黄色いテープより前に出ないように、と注意喚起を繰り返している。その最中にも中央に組み上げられたキャンプフファイヤーの着火準備が進められる。そうして日輪祭が終わりに近づいていく光景を、優希たちは少し離れた芝生広場で見ていた。

「向こう、上手くいってるみたいですね」

「向こう？　って……ああ」

示されたのはキャンプファイヤーの組み木の正反対。誰もいなくなった昇降口前で向かい合っている孝宗と茉歩の姿だった。

二人はすごく真剣そうで、けれど時おり慌てふためいたように身振りが激しくなったり、互いにそらしたり。まるきり、青春の一ページだった。

「美術室で焚《た》きつけた甲斐《かい》がありました」

「一時期はすごい修羅場になったらしいのに、よく持ち直したよな」

「言っておきますけど、大体ゆうきくんのせいですからね」

「え、なんで僕？」

「さあ、それは自分に聞いてください」

彼女はくすくすと笑って、それから伸びを一つした。

「それにしても、清々《すがすが》しい気分です。やりたいこと全部できました」

「まだ復讐が果たせてないだろ。きちんとやりきってくれよ」

「それはもちろんやりますよ。そうじゃなくて、ポスターだったり、まほちゃんたちの仲直りだったり、ゆうきくんに絵を描いてもらうことだったり、他の人が関係することが全部解決できたことが嬉しいんです。だから今の私は解放感でいっぱいです」

「……だから、もうこの学校にいる意味はないと？」

優希の問いに彼女はびくりと身体を強張らせる。

「絵を完成させて持ってくる途中。木谷先生から連絡があったんだ。『私はもう、この学校にいられないので』って、意味不明な理由で転校届が出されたって」

「自分から言うつもりだったのに……本当に油断も隙もないですね、あの先生は」

言って、彼女は大きなため息をついた。

「……聞きたいことがあるんだ」

「なんです？　転校する理由ですか？」

「いや、それについては見当がついてる。そうじゃなくて……」

うつむき加減だった優希は顔をあげて、彼女の方へ向き直りながら問う。

「君が本当に復讐したいのは、僕だったんじゃないのか？」

その表情は逆光で上手く見えなかった。

「人の顔を再び認識できるようになって、ようやく気づいた。……いや、思い出したんだ」

それは、再会したばかりの会話。

――また下手って言われちゃいました
――また？　僕、さやかに下手って言ったことなんかあった？

「君は僕に恨みがある。あの日、僕に『へたくそ』って言われたことをずっと覚えてたんだ。そうだろ、さっちゃん。いや――美澄さらさん」

日が落ちる。その表情が見える。

彼女は、花のように笑っていた。

「気づくのが遅すぎますよ、ゆうきくん」

終章　だから、君を見ようと思った

《1》

忘れるはずがない。

「うわ、すっげえへたくそだ」

やけにしみじみとした呟きだったのを覚えている。

「もぉー、そんなに泣かないの！　今日はさらちゃんの好きなオムライス作ったげるから！　ね？」

「だってぇ……！　べだぐぞって、べだぐぞってぇ……！」

床に伏して泣きじゃくる私の頬を、お姉ちゃん――美澄さやかがタオルでごしごしと拭く。

「ゆーきくんはあたしがボコボコにしてきたから！

もう二度とへたくそなんて言わないよ！」

「もう二度ど言わなぐでも、わだじがべだぐぞなのば、がわんないもん……！」

「うーん、それは確かに……あ！　じゃあ、さらちゃんが誰よりもお絵描き上手になればいいんだよ！　だからもっかいあたしといっしょに、」

「やだァ！　ぜっだいいがない!!」

泣き喚《わめ》く私に、お姉ちゃんは諦めて夕食を作るべくキッチンへと向かう。

その背を見て、構ってくれないことにますます声をあげて咽《むせ》び泣《な》く。

そんな泣き虫が私——美澄さらだった。


私たちは幼いころに両親を事故で亡くし、ほとんど唯一の親戚である叔父に預けられた。その叔父もインフラエンジニアで多忙を極め、しょっちゅう家を空けた。家事の多くはヘルパーの野坂《のさか》さんがやってくれていたけれど、寂しさを紛らわすには至らない。

そのせいか、私はお姉ちゃんにべったりだった。半分以上は親代わりだったと思う。

子どもが親の真似《まね》をするように、私はなんでもお姉ちゃんの真似をした。

ランドセルは白色だったし、おはじきは黄色ばかり集めたし、トーストのジャムはマーマレードだった。料理も頑張ってみたけど、オムライスは焦がしてばかりだった。

そうして真似をしてみても、私とお姉ちゃんは対照的だった。

明るくて、人気者で、絵が上手なお姉ちゃん。

臆病で、一人が好きで、絵がへたくそといわれた私。

顔立ちはそっくりねえとよく言われただけに、中身の差を私ははっきり感じとっていた。けれど、そんなことを気にしているのは性格の悪い私だけで、お姉ちゃんはいつだって私に良くしてくれた。家で絵を描くときだって、必ず私を誘ってくれた。

「りっくん頑張ってかなちゃんに告白したのに全然気づいてもらえなかったんだって。かなちゃんったらにぶいよねえ」

　お姉ちゃんはよく絵を描きながら絵画教室の子たちの話をした。私はりっくんもかなちゃんも、ゆーちゃんもまさくんも知らなかったけれど、お姉ちゃんは気にせず話していた。というのも絵を描くために話をしていたようなものだったから、極論をいえば誰が聞いていなくても構わなかったのだ。

「その体験に来た子、ゆーきくんが教えてあげたらちゃんと影描けるようになったんだよ。四歳で影がわかるなんてすごいよねえ」

　優希くんも時々話題にでた。おかげで一度しか会ったことがないのに、運動音痴なことや、夜トイレに一人で行けないこと、梅干しが苦手で食べられないことなどを一方的に知った。

「お姉ちゃん、しょっちゅうゆうきくんの話してるけど、もしかして好きなの？」

「うん、好きだよ？　いっつも楽しそうにお話聞いてくれるし、優しいし、絵もたくさん描いてるし」

　まさか肯定されると思わなくて、私は固まってしまった。

「でも、ゆーきくんまったく恋愛とか興味ないっぽいし、いま告白してもきっとうやむやで終わっちゃうから、いつしようか迷ってるんだよね」

「そう、なんだ……」

ショックを受ける私に気づかないまま、お姉ちゃんはそうなんだよとうなずく。

「あ、そういえばゆーきくん、さらちゃんのことまだ気にしてたよ？　今ならなんでも教えてくれるようになったし、もう一回くらい会ってみたら？」

「……今さら恥ずかしいし、やだ」

私だって、この時には彼が意地悪でへたくそと言ったわけじゃないことはわかっていた。すごく上手な絵を描くお姉ちゃんの妹が、こんなにへたくそなことに驚いて思わず言ってしまったのだ、と。

それどころか深く反省をして、誰にも優しく絵を教えるようになった。

お姉ちゃんが好きになる人だ。きっと素敵な人に決まってる。

それでも、いや、だからこそ会わなかった。きっと、私は嫉妬していたのだ。大好きなお姉ちゃんが取られてしまう、とあまりに身勝手な理由で。

絵以外の趣味でいえば、お姉ちゃんは知らない場所を散歩するのが好きだった。冒険と称するのは、叔父の部屋にあった貴種流離譚《きしゅりゅうりたん》のせいだったと思う。

「良いモチーフはね、もうそれだけで良い絵になるの。田んぼで大合唱するカエルとか、プールに飛び込んだ瞬間のたくさんのあわあわあわとか、とーっても笑顔の人とか、」

「……すごくきれいな景色とか？」

「正解っ！」

そうして、お姉ちゃんはまだ見ぬ景色を求めて街や山に繰り出した。

「ねえ、もう帰ろうよ……お腹すいたよ」

「すいたねー。そういえば野坂さん今日ハンバーグって言ってたっけ」

「ハンバーグ⁉」

「うん。でも帰り道わかんなくなっちゃった」

「またぁ⁉」

いつも、無計画に歩くせいで道に迷うことがしょっちゅうだった。薄暗い山の中、土バトの鳴き声や虫のさざめき、木々の葉擦れに取り囲まれる。二回に一回はそんな調子で、毎回ついていってはやっぱりやめておけば良かったと後悔した。

ただ、一度だけ。

「わ、さらちゃん見てみて！」

無尽蔵の体力で土手を登り切ったお姉ちゃんが興奮気味に手招きしてくる。どうせまたへびの抜け殻だろうと思いながら、疲れ切った身体に鞭打《むちう》ってなんとか登り切った。

そこは小さな広場のようになっていて、ベンチにお姉ちゃんが座っていた。

「わぁ……」

その奥に広がる夜景に、私は言葉を失った。

「……あたしたちの住む街って、こんなに綺麗だったんだ」

ベンチに座るお姉ちゃんが呟く。

「もっともっと見つけよう。あたし、もっと見たい」

シルエットでこちらへ振り向いたのがわかった。ほとんど真っ暗で表情なんて見えないのに、満面の笑みを浮かべてることさえも。

たった一度の体験でこれまでの後悔なんて気にしなくなるのだから、我ながら単純だと思った。それでも、これから見つけていくであろう景色のことを思えば、やっぱり胸が高鳴った。

けれど、私たちの冒険は唐突に終わりを迎えた。

お姉ちゃんが病気になったことによって。

どうだってよかった。
引っ越しの労力も、
新しい学校で馴染《なじ》めないことも、
夜ご飯がレトルトや冷凍食品ばかりなことも。

お姉ちゃんがいれば、全部楽しい思い出になるのに。

「さらちゃあん、朝ご飯置いとくからなぁ。パンだけでも食べてなあ」

叔父の声と、玄関の閉まる音で目を覚ます。

一人ぼっちの広すぎる部屋。戻ってきたら、お姉ちゃんが使うはずだった二段ベッドの上で、私は布団に顔をうずめる。まだかすかにお姉ちゃんの匂いが残っていて、その事実に安心する。死者について一番最初に忘れるのは匂いだという。この匂いが感じ取れなくなったら私は死ぬだろうな、と破滅めいた思考に陶酔しながら、思う。

「……お腹すいたな」

そうして三日ぶりにドアを開けて、何かにぶつかった。

見下ろしてみれば、小ぶりなダンボール箱が足元に置いてある。しゃがみ込んで中を開ける。ノートが数冊入っていた。表紙には油性ペンで簡素に数字が割り振られている。

「なにこれ」

開いてみれば、それは入院中の日記だった。

歓迎会をしてもらったこと、施設を案内してもらって温室を見つけたこと、夏椿を庭で育てられるようになったこと——いつか温室で聞いたことが記されていた。

私はかつての記憶を辿《たど》るように、日記を読み進める。この時だけは、お姉ちゃんと温室で過ごした時間に私は戻っていた。

けれど、手の痛みが強まり出したこと、検査の結果が悪かったこと、それらが記された辺りから、如実に文字量が減っていった。

目に涙を浮かべながら、私は読み進めた。本当はほとんど読めていなかった。涙で見えなかったのもそうだし、日記はもはや文字の体《てい》をなしていなかった。文字が歪んで、かすれているのだ。当時の病状が、そのまま歪んだ文字になっていた。

けれど、私は読み進める必要があった。確かめなければならなかった。

そして、辿り着いた、最後のページ。震える手で、開く。

わたしをかいてなんて　わがままいってごめん。
さらちゃん　だいすき　ありがとう。

日付すらなく、震えて、かすれた文字。

たったそれだけを書くのに、どれだけの時間がかかったのだろう。

どれだけの痛みを我慢したのだろう。……どれだけ、嬉しかったのだろう。

視界が歪む。もはや前も見えなくて、その場に頽れる。

「ごめんなさい……お姉ちゃん、ごめんなさい……」

お姉ちゃんの生きた証を──私の罪を抱きしめて、私は泣いた。そうして嗚咽と懺悔を吐き出し続けたけれど、誰にも届くことはない。

泣き疲れて意識が朦朧《もうろう》としてきたとき、ふいに疑問が湧いた。

なんで、私は泣いてるんだろう。全部、自分のせいなのに。

失望でも落胆でも、なかった。そんなものは、とっくの昔に済ませてしまった。

残るのは怒りしかなかった。

あの時、私が絵を描けていれば、せめて悔いなく送り出せたんじゃないか。それどころか、精神に良い影響を与えてもう少しだけでも一緒にいられたんじゃないか。

あまりに遅すぎる後悔だ。その浅ましさにすら怒りが湧いてくる。

そして、極めて強い怒りは却《かえ》って人を冷静にさせる。どんな手段を用いても、この怒りを収めさせようと脳が思考する。

答えは当然、私の絵を完成させることだ。

けれど、それが無理だということにも私は気づいていた。

だって、私は人の顔が見られない。どうしたってまともに描くことができない。誰かに目隠しでもしてもらえば顔以外は描けるようになるかもしれないけれど、その誰かがいなかった。

膨れ上がった感情《いかり》を現実が急速に冷まさせていき、空腹を思い出させる。そうしてすっかり冷たくなってしまった朝食を食べようと顔をあげた私は、それに気づいた。

叔父の作ってくれた朝食の隣。総文祭特集と書かれた書類に。

「……総文祭」

それは私と学校のつながりを保つため、叔父が学校から受け取って来た美術広報誌だった。有志が作っているそれは、ここ数年の総文祭で出展された作品のモチーフの変遷であったり画法の種類、その年の出展作品が一覧でまとめられていた。そして、その表紙に載っていたのが、

「……佐原、優希？」

運命だと思った。同時に、いつかのお姉ちゃんの言葉を思い出していた。

――ゆーきくん、さらちゃんのことまだ気にしてたよ？　今ならなんでも教えてくれるようになったし、もう一回くらい会ってみたら？

極めて強い怒りは却って人を冷静にさせる。どんな手段を用いても、この怒りを収めさせようと脳が思考する。

たとえ、それがお姉ちゃんの特別な人だったとしても。

たとえ、それが最悪の出会いのまま別れた相手だったとしても。

私はその日のうちに転校する旨を叔父に伝えた。


「佐原優希に会わせてほしい？」

「ええ。小学生のころに一緒の絵画教室に通ってたことがあるんです」

生徒指導教諭だという木谷先生が実質的な私の担任だった。

彼は私の事情をすべて汲んで生徒指導室に個別登校できるよう取り計らってくれたり、成績や出席日数についても便宜を図ってくれた。ここまで生徒に親身になってくれる人なら、きっと優希くんに会わせてくれると思った。

「……へえ、そうなんだ」

「信じてない声ですね。なら彼についての個人情報を言いましょう。誕生日は八月三十一日で、血液型は０型、嫌いな食べ物は梅干しです」

「あーいやいや、信じてないわけじゃなくて……ていうか梅干し嫌いなのかよ」

木谷先生はうーん、と悩むような声をあげた後、「まあいいか」と呟いた。

「じゃあ今日の放課後にでも来させるとするよ。四時半頃でいいか？」

「わかりました」

そして、その時が来た。

部活に勤《いそ》しむ生徒たちの喧騒が遠くから聞こえる中、ノックの音が鳴り響く。

ドアが開き、彼が入ってくる。鍵を閉じてもらってから、そちらの方へ向き直る。

「木谷先生からすでに紹介があったと思いますが——お久しぶりです、ゆうきくん」


そうして、私は佐原優希と再会した。

◇◇◇

「どうせなら、ゆうきくんがぐうの音も出ないほどのものを描いてやろうって決めてました。へたくそって言ってきた人に、そうと気づかれないまま今度は褒めさせてやろう、って」

さやかの遺品である夏椿のヘアピンに触れながら、さらは不敵な笑みを浮かべる。

「だから、あの絵を良いと言ってもらえた時点で、ゆうきくんへの復讐は終わったんですよ。……これ以上ないくらい、最高の形で」

独りよがりで、わがままな、誰も傷つけることのない復讐劇。

優希がその真実に到達することで、それは見事に果たされた。

目眩がした。してやられる、とはまさにこのことを言うのだろう。

「いつか誰かを間違えるだろうなと自分で思ってはいたけど……まさか、さやかを名乗ってるさらに気づかないなんてな」

八年前、絵画教室でたった一度だけ呼んだ名前。

一番気づかなくてはいけない相手だというのに。

「シンボルマークのヘアピンをつけて、年齢もごまかした上で六年ぶりの再会って言い張ってるんですよ。ただでさえ顔が見えないのに、わかる方がおかしいです」

「それでも演じ切るのもすごいけどな」

「演じ切れてなんかないですよ。こうしてばれてるじゃないですか」

「……それだけど、なんで復讐を果たした時点で去ろうとしなかったんだ？

あの時なら、さやかを演じてることがばれることもなかったはずだろ」

さらがいま転校しようとしてるのは、さやかを演じていることがばれたからだ。その観点で見れば、さらが優希の絵を描いた時点で転校すれば良かった。文化祭のポスターの話だって、四日後にようやく再会してから話したことだから、校内でやり残したことは一つもなかったはずだった。

「……わざわざ言わなきゃダメですか？」

「公然の秘密みたいな雰囲気出されても、本当にわからないんだ」

優希が正直に答えれば、さらはどこか泣き出しそうな表情で、真意を告げる。

「ゆうきくんのことが、好きになっていたから」

《2》

最初はただ利用するだけのつもりだった。へたくそと言ってきた人を好きになんてなるはずがない。そもそも好きだとか嫌いだとか、そんな感情を抱かないようにしていた。

……それなのに。

――大事な相手ほど、踏み込んだことは聞かないようにするよ

優希くんの言葉は、ずっと一人で部屋に閉じこもって脆《もろ》くなっていた私の心を揺らし続けた。

――こんな私が、一から築いていいんでしょうか

――互いにこんな変わってるんだから、一から築くしかないよ

どうしようもないほど、求める言葉を言ってくれた。

――もっと自分を大事にしろよ！

本気で怒ってくれた。

――だから、僕のために絵を描いてくれ。……それが、僕のお願いだ

呪いをかけられてしまった。

好きにならないわけがなかった。けど。
「好きになんて、なっちゃいけなかった。だって、ゆうきくんが声をかけてくれたのは〝美澄さやか〟であって〝私〟じゃない。私はどこにもいない無貌《かおなし》なんです」
頭ではわかっていた。仮初《かりそめ》の日々を胸にしまって、偽者は気づかれないうちにさっさと消えるべきだと。
けど、日を追うごとに優希くんのことを知りたいという気持ちが、そして知っていくたびに好きという気持ちが膨らんでいった。

果たしてそれは、白紙になった優希くんの過去と自己相貌失認という真相を突き止めるに至った。つまり、私の所業が明かされるということでもあった。

「本当は文化祭にも出ないつもりでした。ゆうきくんが私のことを見られるようになったのなら、もうここにはいられないから」

「……それでもここにいる理由は？」

「もう、逃げたくなかったんです」

優希くんの問いに、私は笑って答える。

「誰かを騙《だま》したまま逃げて、後悔ばかり抱えて生きるのはイヤだった。それならきちんと向き合って、ごめんなさいって謝って、殴られたり、嫌われたり、そういう報いを受けたかった。それになにより——」

何よりも強い、その約束《のろい》を口にする。

「やっぱり、ゆうきくんの絵が見たかった」

《3》

「以上が私、美澄さらが美澄さやかを騙《かた》っていた理由のすべてです。

今まで騙していて、本当にごめんなさい」

すっかり日が落ちて藍色に染まった世界で、少女が頭を下げる。

瞬きをしたら次の瞬間には消えてしまっているんじゃないか——小さくなったその姿に、少年はそんな予感を抱いた。

グラウンドの方では、まもなくキャンプファイヤーに点火するので離れるように、というアナウンスが流れだしていた。ざわめきを一掃せんばかりの注意喚起に、しかし声はより大きくなる。

その間、少女はずっと頭を下げたままだった。瞬きをしても、温い夜風が二人の間を吹き抜けても、消えなかった。確かにそこにいて、今度こそ〝報い〟が下されるのを待っていた。

だから、少年はその願いに応えることにした。

「……悪いと思ってるなら、ひとつお詫びをしてほしいんだけどさ」

少女が顔をあげる。何も言わず、じっと少年を見つめる。

少年は呼吸をひとつして、言った。

「美澄さらさん、僕と付き合ってください」

ぐらり、と少女の瞳が揺れるのがわかった。

新月の真っ暗闇に一つだけ輝くあの星のような光を湛えた、黒い瞳が。

「……目的語が抜けてますよ。何に付き合えばいいんですか」

「僕とお付き合いをしてくださいって、そう言ってる。僕は、君が好きです」

震え声にまっすぐ返せば、少女はこぼれ落ちそうなほどに両目を見開く。何かを見つけたような、ここではないどこかを見つめているような様子だった。が、ふいに我を取り戻したように唇をかみしめて言う。

「ゆうきくんが好きになったのは、私が演じていたお姉ちゃんであって、私じゃないんです。あなたは、どこにも存在しない虚像を好きになってただけなんですよ」

「虚像じゃない。僕は美澄さやかを演じていた美澄さらが好きになったんだ」

「だから、それは私じゃなくて……！」

あくまで否定しようとするさらに、少年は告げる。

「君だよ。誰が何と言おうと、白紙の僕を見出してくれたのは君だ」

「……！」

「君は僕のために動いてくれた。もう一度筆をとってと、ダメになったら終わらせてくれると言った。だから〝君〟を見ようと思った」

少年は続ける。

「誰かを演じてたから私じゃないって、そんなわけない。

どうなったって君は君だ。たとえ絵を描くのをやめても、しわくちゃのおばあちゃんになっても、来世で何に生まれ変わっても。どんな君も僕は好きだ」

隙あらばこちらを振り回して楽しげな声をあげ、絵に対しては真摯で孤独で、けれどひとりじゃ前が向けないと泣いていた。それが美澄さらという少女だ。

今だって泣いていた。泣きながら、首を振った。

「わからないんです」

「……なにが」

「お姉ちゃんをおいて、私が幸せになっていいのか、って」

彼女の告白に、少年はじっと意識を向けていた。

「もう、目をつむっても私自身は責めてこない。けど、代わりにお姉ちゃんが私を見ているような気がするんです。その顔が、どんな表情をしているのかわからない。わからなくて……それが、こわい」

震えるその身を両腕で抱きしめ、涙混じりに思いを吐露する。吐き出した言葉の重みにつられるようにしてしゃがみこもうとする少女を、少年は静かに抱き留めた。

腕の中ですすりなく少女に、少年はささやくように訊ねる。

「僕があげた絵、まだ持ってる？」

少女は鼻をすすりながら、胸ポケットに手を入れ、折りたたまれたノートの切れ端を取り出した。お守り代わりに常に持っていた、自分を描いたというそれを。

少年はそれを受け取ると、少女を引き連れて近くのベンチに移動する。

街灯の下、バッグから取り出したノートを下敷きにしたと思えば、そこに描かれた人物画に消しゴムをかけ始めた。

「なんで……！」

悲鳴じみた声をあげて止めようとする少女の手を、少年は逆に掴む。

「僕はこの絵を描き直さなきゃいけないんだ。だから、少しだけ待って」

「描き直すって、なにを……」

困惑する少女をおいて、少年は消しゴムをかけた絵に鉛筆を走らせる。よどみなく、迷いなく。その横顔には微笑みすら浮かんでいた。少女がその姿に見とれていると、ふいに少年が鉛筆を動かす手を止める。予想よりもずっと早かった。

「できた」

差し出された紙を少女はゆっくりと受け取る。

そこに描かれたものを見て、少女は呼吸を止めた。

「お姉ちゃん……」

横顔だけで、表情が見えなかったはずのその人が、こちらを向いている。

こちらを向いて、満面の笑みで手を振っていた。

まるで、明るい方へと見送るように。

いってらっしゃい、と声が聞こえた気がした。

「僕はさやかのことを描いてたつもりだった。けど、違った。

なら、ちゃんと今度こそさやかを描いてあげなきゃって、そう思ったんだ」

少年は紙の中の、今は見ぬ人に思いを馳せる。

「ただ、僕にはさやかがどんな風に成長してたのかわからない。だからこそ、描いた。

こういう時、さやかならどうするだろうって想像して」

おぼろげな記憶と想像力を駆使して描かれたそれは色もなく、線も粗くて、彼女だとは、わかる人にしかわからない。けれどありったけの悲しみと、憧れと、輝きを絵の具にして、少年の世界ではたしかに息づいていて。

たった今、少女の世界にも描き加えられた。

「さらも、わからないなら描けばいい。怒ってるさやかも、悲しんでるさやかも、笑ってるさやかも。見たままだけじゃない、想像して描いたっていいんだ。

むしろ、それが絵の醍醐味なんだから」

少年は顔を上げ、少女に向かって笑いかけた。

「僕はそれを隣で見ていたい。叶うことなら、ずっと。……だめかな」

少年の問いに、少女はうつむいたまま、ぽつりとつぶやく。

「……本当に、私でいいんですか」

いつかどこかで聞いたような台詞に、少年は思わず口端を上げる。

「いいって言ってる。というか君じゃなきゃダメだ」

いつかどこかで言った台詞に、少女が小さく肩を揺らした。

「私、わがままだし、めんどくさがりだし、ずぼらだし、たくさん迷惑かけますよ」

「いいよ。半分こで進んでいこう」

少女が顔をあげる。

涙でうるんだ瞳と、桜色の唇が、その表情が、どこまでも鮮明に見えた。

「改めて言うよ。僕は、君が好きだ。だから、僕と付き合ってください」

「……はい」

わあ、とひときわ大きな歓声があがった。見れば、キャンプファイヤーには火がついていて、その周囲では何組かの男女がフォークダンスを踊っている。

その景色を見た優希の胸中に、一つの欲求が湧き上がる。

「願いが叶ったついでに、もう一つお願いがあるんだけどさ」

「……踊り方、知ってるんですか？」

意図を読んだ少女が先回りして問いを投げれば、少年は立ち上がって手を差し出す。

「知らないから、教えてほしいんだ」

今ならなんでもできる気がするし、と笑う少年に、少女は何も答えなかった。

代わりに小さくため息をつき、肩をすくめる。

——そして、その手を取った。


再び、歓声があがる。

フォークダンスの輪の中に、突如として二つの影が入り込んだのだ。

二つの影は鼻先が触れ合うくらいに近づいて、今度は指先が掠れるくらいにまで遠のいて。

そうした足踏み《ステップ》を繰り返し、繰り返し、どちらともなく、互いを見ては笑い合う。

そこには無貌でも白紙でもない、少年と少女が、ただ幸せに踊っていた。

二人は日輪が陰るまで、いつまでも、いつまでも踊り続けた。

あとがき

大事なものは気を付けていないと、ともすれば気を付けていたとしてもすぐに見失ってしまいます。

見失ってしまうと、大変です。ただ事態として大変なだけならまだしも、精神にまで変調を来たしかねません。次の瞬間には自分も消えてしまうのではないか、あるいは消えてしまっても構わないような取るに足らない存在なんじゃないか。そのように思考が傾いてしまうこともあります。僕もそうでした。今でもそうかもしれません。ただ、それでもどうにかなるのだと、そんなことを言いたくて、あなたに笑ってほしくて、この物語を書いたのです。

このあとがきを読んでいるあなたが、どんな人か、どんな状況か僕にはわかりません。最良は本文を読み、感慨にふけりながら読んでもらうことです。けれど、本屋さんであとがきからめくっているだけかもしれないし、まったく響かず、作者の考えだけでも見てみようと覗いたかもしれない。それでもかまいません。手に取ってくださっただけで僕は嬉しいです。

それでも願わくば、十年後の本屋、両親の部屋、図書室や図書館の少し古ぼけた棚からこの本を見つけ出して読んでいるあなたにもこの作品を面白いと思ってもらえたら、そんな作品になっていれば良いなと思います。


以下、謝辞です。

担当のKさん、Mさん。助っ人のYさん。何度も迷う僕を見捨てないでくださって本当にありがとうございました。次があれば、今度こそ優良進行をできればと思います。

イラストの萩森じあさん。本当に素敵なイラストをありがとうございました。初めてイラストを頂いた時、彼と彼女はこんな顔をしていたのか、と不思議な感慨にふけりました。個人的な運命にも導かれ、あなたにデビュー作の表紙を描いていただけて、本当に嬉しかったです。

そのほかにも、僕の視座では到底観測しきれないほどの方々にご助力いただきました。海外での出版含め、すべての関係者に感謝を。

また、私的なところでは僕の相談に乗ってくれたり、モチベーションを高め合った焼肉会の面々や、息抜きに付き合ってくれたリアルの友人。これまで僕を支えてくれた家族。

そしてなにより、本作を手に取ってくださり、読んでくださったあなたに感謝を。

あなたが読んだことで、この物語はあなたの世界に描かれました。

どうか、その延長線上にあなたの足跡が続いていますように。
そして、僕の書いた作品がいつかまたそこにつながりますように。

あとがき執筆中ＢＧＭ：地球儀 - Spinning globe（米津玄師）

<初出>

本書は、第30回電撃小説大賞で《選考委員奨励賞》を受賞した『偽盲の君へ、不可視の僕より』を加筆・修正したものです。

この物語はフィクションです。実在の人物・団体等とは一切関係ありません。

◇◇メディアワークス文庫
無《む》貌《ぼう》の君《きみ》へ、白《はく》紙《し》の僕《ぼく》より

にのまえあきら

2024年4月25日　初版発行

発行者　山下直久
発行　株式会社KADOKAWA
〒102-8177　東京都千代田区富士見2-13-3
0570-002-301（ナビダイヤル）
装丁者　渡辺宏一（有限会社ニイナナニイゴオ）
印刷　株式会社暁印刷
製本　株式会社暁印刷

●お問い合わせ
https://www.kadokawa.co.jp/（「お問い合わせ」へお進みください）
※内容によっては、お答えできない場合があります。
※サポートは日本国内のみとさせていただきます。
※Japanese text only

※定価はカバーに表示してあります。

Printed in Japan
ISBN978-4-04-915521-1 C0193

メディアワークス文庫　https://mwbunko.com/

本書に対するご意見、ご感想をお寄せください。

あて先
〒102-8177　東京都千代田区富士見2-13-3
メディアワークス文庫編集部
「にのまえあきら先生」係

◇◇◇